# 现代诗110首

蓝 卷

蔡天新 主编

生活·讀書·新知 三联书店

Copyright © 2014 by SDX Joint Publishing Company
All Rights Reserved.
本作品中文简体版权由生活·读书·新知三联书店所有。
未经许可,不得翻印。

**图书在版编目(CIP)数据**

现代诗110首.蓝卷/蔡天新主编.—北京:生活·读书·新知三联书店,2014.8 (2023.12重印)

ISBN 978-7-108-04872-1

Ⅰ.①现… Ⅱ.①蔡… Ⅲ.①诗集-世界-现代 Ⅳ.①I12

中国版本图书馆CIP数据核字(2014)第035280号

| | |
|---|---|
| 责任编辑 | 刘蓉林 |
| 装帧设计 | 鲁明静 |
| 责任印制 | 董 欢 |
| 出版发行 | 生活·讀書·新知 三联书店 |
| | (北京市东城区美术馆东街22号 100010) |
| 邮 编 | 100010 |
| 经 销 | 新华书店 |
| 印 刷 | 河北松源印刷有限公司 |
| 版 次 | 2014年8月北京第1版 |
| | 2023年12月北京第5次印刷 |
| 开 本 | 787毫米×1092毫米 1/32 印张10.125 |
| 字 数 | 120千字 |
| 印 数 | 15,001-18,000册 |
| 定 价 | 43.00元 |

## 旧版前言

在人类所有的发明中，诗歌和数学大概算是最古老的了。可以说自从有了人类的历史，就有了这两样。如果说牧羊人计算绵羊的只数产生了数学，那么诗歌则起源于祈求丰收的祷告，由此看来，它们均源于生存的需要。作为一种特殊的运用语言的方式，诗歌总是给人以一种独到的视觉和听觉效果。在历史上，诗歌曾经达到和取得的辉煌是后来的其他艺术形式难以企及的。可是，随着现代生活节奏的日渐加快，人类欣赏这类画面或音乐的机会越来越少，内心的宁静和喜悦也越来越罕见。

美国诗人罗伯特·弗罗斯特曾经指出："诗歌是散文言所未尽之处。人有所怀疑，就用语言去解释，用散文解释以后，尚需进一步解释的，则要由诗歌来完成。"这里的散文当然包括小说。可是，在今日社会，人们已经够忙碌了，他们阅读小说主要是为了阅读故事，正如他们看电影听歌曲主要是为了自娱自乐。那还需要诗歌吗？答案是肯定的，因为越是疲惫的心灵，越需要得到某种特别的安慰。问题是，他们读到的作品是否能起到排忧解惑甚或指点迷津的作用。这就要求诗人有深刻的洞察力，为了理解一首诗的洞察力，免不了需要一番解读。

设想一下，假如没有历代学者的倾力研究和注释，唐诗宋词能否被那么多人理解和喜爱呢？这无疑会成为一个问题，也正是我们编选和注释这套读物的出发点。我们对诗歌始终保持乐观态度的一个原因是，每一代人中间都有千千万万颗心怀有各式各样绚丽多姿的梦想，并努力把每一个梦想付诸实施，这些人可谓生命中的舞蹈者。他们或许一生默默无闻，永远不为人所知，可是，也正是由于他们对梦想的不懈追求和努力，才使得我们这个世界变得可爱，精彩纷呈，适宜居住。

古往今来，无论是写作还是阅读的一个目的就是为了获取自由。虽然这种自由主要体现在心灵方面，可是对行动也有一定的指导意义。没有什么能比真正的自由更重要的了，而自由的获得比我们通常想象的要艰难许多。德国批评者冯·沃格特指出："我们被错误地灌输了一种看法，即把摆脱旧的暴政看作是自由的本质，实际上那只是自由的属性，自由只能从一些自我规定的新规则中才能获得和被建立。"我相信，诗歌的写作和阅读也是为了确立这样一种规则。

对现代诗歌来说，每一位选家都有不同的注释法。这套读物的两个特点显而易见，一是由不同的诗人来挑选并评注自己喜爱的诗歌，二是分为男性读本和女性读本两种。前一点无须我赘言，后一点则需要做些解释。事实上，作为法国数学家、思想家布莱斯·帕斯卡尔眼里六种美的典型之一，服饰自古以来就有了性别之分，服饰和树木、房屋、飞鸟、河流、女人一直是诗人灵感的源泉。到了现代，甚至连时尚杂志的读者和某些电视频道的观众也分男女，那何不尝试编选两本诗集给不同性别的读者呢？在编者和诸位评注者看来，男性和女性似乎有着天生不同的阅读趣味和审美倾向。

还是回到更本质的问题，一首好诗究竟应该是什么样的呢？我们认为，这是一种迷人的、从未完全把握而需要永远追求的东西。法国诗人兼演员安东尼·阿尔托说过："好诗是一种坚硬的、纯净发光的东西。"保尔·瓦雷里说："一种魔力或一块水晶的某种自然的东西被粉碎或劈开了。"英国诗人约翰·济慈阐述得较为具体："诗歌应该使读者感受到，它所表达出来的理想，似乎就是他曾有过的想法的重现。"而俄国诗人奥西普·曼杰施塔姆对诗歌的定义更为简洁："黄金在天空舞蹈。"巧合的是，以上提及的几位诗人除年长的济慈以外均有诗作入选本套丛书，敬请大家逐个甄别。

蔡天新

2005年1月，杭州

# 前 言

多年以前,我曾在一篇冠名《数学家与诗人》的随笔里这样写道:"在科学、艺术领域里,数学家和诗人是最需要天才的。不同的是,对诗人来说,一代人要推倒另一代人所修筑的东西,一个人所树立的另一个人要加以摧毁。而对数学家来说,每一代人都能在旧建筑上增添一层楼。"现在看来,那样的事情更多发生在19世纪后期和20世纪前半叶。

承蒙诗友、爱诗者的鼓励和支持,我们增编了这套诗丛。从时间来看,与上一次相隔了九年时光,不短也不长。可以肯定的是,汉语诗歌又有了无数新的读者和作者。与此同时,旧版中诺贝尔桂冠诗人辛博尔斯卡和希尼先后辞世,特朗斯特罗默获得了2011年诺贝尔文学奖。而从近年各地诗歌活动和朗诵会的热度来看,诗歌在中国有复苏的迹象。其中一个有趣的现象是,外国名诗人纷纷来华,这些诗人多数进入了新版。

作家王蒙认为,诗歌和数学都是人类精神的高峰。而就本人的写作和研究经验来说,她们也是人类最自由的两项智力活动。

蔡天新

2014年1月

目 录

旧版前言 3

前言 7

旧版后记 335

后记 337

孤独
爱伦·坡 [美]
19

应和
波德莱尔 [法]
22

新来者的妻子
哈代 [英]
25

海风
马拉美 [法]
28

闪光
兰波 [法]
31

公元前31年在亚历山大
卡瓦菲 [希]
34

城市
卡瓦菲 [希]
36

茵纳斯弗利岛
叶芝 [爱尔兰]
39

象征
叶芝 [爱尔兰]
41

柯尔庄园的野天鹅
叶芝 [爱尔兰]
43

美丽高贵的事情
叶芝 [爱尔兰]
46

天要下雪了
雅姆 [法]
49

失去的美酒
瓦雷里 [法]
52

未走过的路
弗罗斯特 [美]
55

画像
马查多 [西]
59

关于无用的叙事诗
雅各布 [法]
64

一位高声调的基督老女人
斯蒂文斯 [美]
67

坛子的逸事
斯蒂文斯 [美]
70

红色手推车
威廉斯 [美]
73

林中
苏佩维埃尔 [法]
75

坟墓
穆尔 [美]
77

窗前的清晨
艾略特 [英]
81

但丁
阿赫玛托娃 [俄]
83

自我心理志
佩索阿 [葡]
86

秘密
勒韦尔迪 [法]
89

二月
帕斯捷尔纳克 [俄]
91

放了我吧
曼杰施塔姆 [俄]
94

蝴蝶
萨克斯 [德]
96

帽子、大衣、手套
巴列霍 [秘]
99

愤怒把一个男人捣碎成
很多男孩
巴列霍 [秘]
102

扮鬼脸艺人
索德格朗 [芬兰]
106

夜
马雅可夫斯基 [俄]
108

1930 年
伊万诺夫 [俄]
111

回忆玛丽·安
布莱希特 [德]
113

骑士之歌
洛尔卡 [西]
116

庭院
博尔赫斯 [阿根廷]
119

南方
博尔赫斯 [阿根廷]
121

G·L·毕尔格
博尔赫斯 [阿根廷]
123

雨
博尔赫斯 [阿根廷]
126

每当我们的桑树……
塞弗尔特 [捷]
129

仙人掌
雷倍里伏罗 [马达加斯加]
132

漫游者
塞尔努达 [西]
135

西洛可风
毕科洛 [意]
*138*

天籁
福兰 [法]
*141*

学校和自然
福兰 [法]
*143*

死亡的玫瑰
——致格奥尔格·伊万诺夫
波普拉夫斯基 [俄]
*145*

诗歌
聂鲁达 [智]
*148*

世事沧桑话鸣鸟
沃伦 [美]
*152*

黑女人
桑戈尔 [塞内加尔]
*154*

名人志
奥登 [英]
*157*

无名公民
奥登 [英]
*159*

小说家
奥登 [英]
*163*

悲伤的塔
雅各布森 [挪]
*166*

完全
夏尔 [法]
*169*

几乎
里索斯 [希]
*172*

单身汉之夜
里索斯 [希]
*174*

地图
毕晓普[美]
177

礼物
米沃什[波兰]
180

一个故事
米沃什[波兰]
182

读新闻标题
依格纳托[美]
185

通过绿色茎管催动花朵的力
狄兰·托马斯[英]
187

福光的孩子
洛厄尔[美]
190

雨水踮起足尖沿着大街奔跑
叶拉金[俄]
193

父亲：大理石
博斯凯[法]
196

施玛篇
莱维[意]
199

死亡赋格曲
策兰[奥]
202

地球日报
涅美洛夫[美]
206

你追我捕
波帕[塞尔维亚]
208

雪
博纳富瓦[法]
211

拿破仑
赫鲁伯[捷]
214

布鲁各的两只猴子
辛博尔斯卡 [波兰]
218

长城
吕瑟贝尔 [荷]
220

永久的
柯克 [美]
223

声音
雅各泰 [法]
226

缺席
詹宁斯 [英]
229

诗
奥哈拉 [美]
232

几棵树
阿什贝利 [美]
235

令人畏惧
格拉斯 [德]
238

门
默温 [美]
241

思想—狐狸
休斯 [英]
243

风
休斯 [英]
246

仲夏（之四）
沃尔科特 [圣卢西亚]
250

祖国
阿多尼斯 [叙利亚]
253

林间空地
特朗斯特罗默 [瑞典]
256

黑色的山
特朗斯特罗默 [瑞典]
259

忆往昔
蒂·乔治 [乌拉圭]
261

忧伤的恋歌
斯特内斯库 [罗马尼亚]
266

最初的白发
索因卡 [尼日利亚]
268

保持事物的完整
斯特兰德 [美]
270

信
高桥睦郎 [日]
273

部分的解释
西密克 [美]
277

晚安
希尼 [爱尔兰]
280

山楂灯笼
希尼 [爱尔兰]
282

无题
布罗茨基 [俄]
285

一九八〇年五月二十四日
布罗茨基 [俄]
287

并非我在失控
布罗茨基 [俄]
290

来自明朝的信
布罗茨基 [俄]
292

读：爱
萨拉蒙 [斯洛文尼亚]
296

宝塔菜
泰勒 [美]
299

榆树
格吕克 [美]
302

爱的蜕变
孔蒂 [意]
304

诗人
维尔泰 [法]
307

飞蛾
扎加耶夫斯基 [波兰]
310

荷兰画家们
扎加耶夫斯基 [波兰]
312

一种生活
诺德布兰德 [丹]
316

八月底
奥尔 [美]
318

致大海
桑特 [澳]
322

风与树
穆顿 [爱尔兰]
325

猫头鹰的问题
萨克辛娜 [印度]
328

我请我妈妈歌唱
李立杨 [美]
331

# 孤　独[1]

爱伦·坡［美］

童年时起，我便异于

别的孩子——他们的视域[2]

与我不同——我难以随同

众人为些许小事激动——

我的忧伤也和他们

并非一类——同一种高论

无法使我热血沸腾——

我爱的——别人想爱也是不能。

当时——我还幼稚——在重重

磨难的一生的开端——我便从

善与恶的每一层摄取

一种秘密，至今风雨[3]

半生，我仍然为它控制——

我从激流、山泉与岩石——

---

1. 此诗写于巴尔的摩一位女士的纪念册，没有直接证据显示作者是坡。

2. 破折号使用比较多，延长节奏。后来爱米丽·狄金森的形式标签也是破折号。

3. 这个句子比较现代，突破了陈旧的形式。

从绕我旋转的太阳

以及秋日灿烂的金光——

我摄取,从那天上的闪电

当它飞快掠过我身边——

从雷霆、黑压压的暴风雨——

还从乌云(远处天宇

仍然是一片蔚蓝),[4] 当它

在我眼里成为恶煞。

| 旁白:

一、童年是诗歌主题。坡的写法保持了浪漫主义的流畅,同时通过句号的停顿、破折号的延长,句法的细微变化——转行法,实现了某种阻滞的现代性。

二、全诗干净利落,语言节制,佳句迭出,体现了向现代诗歌的过渡特征——这是最值得借鉴的地方。

[埃德加·爱伦·坡]

(Edgar Allan Poe, 1809—1849),出生于波士顿,不到三

---

4. 引语。赋予作品多个层次。

岁就成了孤儿。后被弗吉尼亚一位无子嗣的苏格兰商人收养,六岁时全家曾迁居英国五年,后返回美国。一生只写了不到五十首诗,其余大部分作品是小说和批评,但坡认为自己首先是个诗人,而批评家也公认他的诗歌成就最高。坡对法国诗人波德莱尔有着不可忽视的影响,被公认为西方现代派诗歌的鼻祖。《孤独》是其名作。

(李文俊 译,桑克 注)

# 应 和

波德莱尔 [法]

自然是座庙宇,那里活的柱子
有时说出了模模糊糊的话音;
人从那里过,穿越象征的森林,[1]
森林用熟识的目光将它注视。

如同悠长的回声遥遥地汇合
在一个混沌深邃的统一体中
广大浩漫好像黑夜连着光明——
芳香、颜色和声音在互相应和。[2]

有的芳香新鲜若儿童的肌肤,
柔和如双簧管,青翠如绿草场,
——别的则朽腐、浓郁,涵盖了万物,

---

1. "象征的森林"这个隐喻是从一开篇的"自然"这个概念中自然而然引发出来的,"象征"因此被赋予了"郁郁葱葱"、"众多",甚至容易让人"迷失"的心理感觉。

2. "互相应和"的是"芳香、颜色和声音"。芳香直扑鼻孔,颜色抓住视觉,而声音则回旋于心灵,合在一起,就是众多感觉系统的相互作用,如七窍相通。

像无极无限的东西四散飞扬,

如同龙涎香、麝香、安息香、乳香

那样歌唱精神与感觉的激昂。³

| 旁白：

一、这首诗被称作"象征派的宪章",足见其对象征主义的重要性。它以一种近乎神秘的笔调,描绘了人和自然之间的深层关系——彼此相连,互为象征。

二、确实,自然是一种有机的生命,其中的万事万物都是彼此联系的,这就是"象征"的无所不在。就看诗人能不能对"模模糊糊的话音"心领神会。

三、应和,是对宇宙统一体的和谐感知。一旦感知,诗人就可以深入到"混沌深邃的统一体中",抵达心灵上的"通感"——声音使人看到颜色,颜色使人闻到芳香,芳香使人听到声音……

---

3. 一连串的比喻,同类比喻的排比式陈列,都是为了点明同一个诗学真理——在诗中,"精神与感觉"总是"激昂"地同在的。

# [夏尔·波德莱尔]

(Charles Baudelaire. 1821—1867),出生于巴黎,六岁丧父,母亲改嫁。他生性敏感、激烈,充满奇思异想,洋溢着反叛精神。踏上诗人之路后,凭借音乐神秘和谐的领引,深入到浪漫主义曾经探索过的未知世界的底层,在那里唤醒了一个精灵,后来被称作象征主义。1857 年,发表了开启现代主义先河、惊世骇俗的划时代作品《恶之花》。按艾略特的说法,波德莱尔是"现代所有国家中诗人的楷模"。

(郭宏安 译,树才 注)

# 新来者的妻子

哈代 [英]

一扇门半掩着,里边是一间
闹哄哄的酒吧,他在门槛前停步,
因为他听见里边有人提及
一周前跟他结婚的人的名字。

"我们都叫她出租马车,
但她行动谨慎,不露痕迹;¹
她有点憔悴,但还有几分姿色,
至于流言蜚语,很快就会被忘记。"

"他对她的过去一无所知,
真高兴这姑娘终于找到归宿;
这类货色本地人哪看得上,
但外来人会当成宝一把抓住。"

"对,他初来乍到,将她

---

1. 指这女人乱搞男人,或是个暗娼。

当成清新和纯真的化身,哈,
哪里会想到在他上台前
她已把床上戏演了多少遍!"

那夜泥泞的港湾护墙边
传来扑通一声脆响:
他们搜寻,在那最深处
找到他,脸上爬满螃蟹。

| 旁白:

哈代的诗很难译,尤其是抒情诗,因为他讲究音韵,用词又较生僻,哪怕读原文,也不一定能读得进去。这就是为什么中国读者读现有的中译,总看不出他的好处。这里试译他一首带有叙述味的诗,也许能引起读者的兴趣。全诗轻描淡写,但最后一行的意象却非常骇人,似乎象征了那个绝望的新婚丈夫内心的震撼。如果不用这个骇人的意象,整首诗也已十分自足,而这个意象却使整首诗突然变得戏剧化。至于需不需要这个效果,则是见仁见智的问题。相信哈代写的时候,也可能犹豫不决。

# [托马斯·哈代]

(Thomas Hardy, 1840—1928),前半生是伟大的小说家,后半生是伟大的诗人。他前半生享尽小说家的盛名,但写完《无名的裘德》之后,余生全力写诗,历时三十载,并相应地退出社交生活。他的诗从一开始就受到非议,尽管有少数知音。后代诗人和读者渐渐被哈代的魅力所迷。庞德推崇他;奥登看了他的诗之后,整整一年不能看其他诗人的作品;拉金看了他的诗之后,找到了自己的位置;狄伦·托马斯承认叶芝是伟大的诗人,但私底下则最爱哈代。

(黄灿然 译注)

# 海 风

马拉美[法]

肉体是悲惨的,唉!我读过所有的书籍,[1]
逃遁!逃向那边![2] 我感到鸟儿们醉心
在无名的泡沫和蓝天的中间!
沉入大海的这颗心将一无所恋:
映入眼帘的古老花园,
夜呵!这照耀着洁白无瑕的
空纸上凄凉的灯光,
还有那哺乳婴儿的少妇,都不能将我留下。
我要离去!轮船,摇晃着你的桅樯,
向着一个异国的自然起锚!

烦恼,我受着热望的折磨,
眼前犹自闪现着那挹泪诀别的情景,
也许,桅樯会招来风暴

---

1. "读过所有的书籍"之后,诗人感悟"肉体是悲惨的"。书籍中飞翔着多少灵性!而肉体像牢狱一样囚禁着灵性。灵与肉之间的撕扯是一桩古老的矛盾。

2. "逃向那边",但那边又是哪里?反正,逃是必须的。诗人多么羡慕那些鸟儿,它们自由自在地飞翔。

风暴倾覆了船只,

沉没了桅樯,沉没了桅樯,又不见肥沃的岛屿……

然而,我的心啊,倾听着水手的歌!³

旁白:

一、这首诗通常被认为是马拉美最著名的抒情诗。第一句诗在法国已成为人人皆知的一句格言,因为它同马拉美的人像一起,被印在一张精美的明信片上。

二、这首诗还有一个特点,它明显地受到波德莱尔《异域的芳香》一诗的影响。按照瓦雷里的观点:"波德莱尔的最大的光荣……在于孕育了几位很伟大的诗人,无论是魏尔伦,还是马拉美,还是兰波,假使他们不是在决定性的年龄上读了《恶之花》的话,他们是不会成为后来那个样子的。"

三、这首诗的最后一句就是对波德莱尔诗的应和:"同时那绿色的罗望子的芬芳——/在空中浮动又充塞我的鼻室,/在我的心中和水手的歌唱。"(郭宏安译)波德莱尔的心啊,马拉美都听见了!这更突出了有限肉体的悲惨程度。

---

3. 真正自由的还是心灵。自由在别处。一无所恋之后,灵性其实已经自由了,但别处仍构成一种诱惑。想象力就是心灵从未结束的胜利。

[斯特凡·马拉美]

(Stephane Mallarme,1842—1898),出生于巴黎,五岁丧母,幼小心灵遭受了创伤。1861年,他以极大的热情发现并阅读了波德莱尔的《恶之花》。在马拉美一生中,作为教师的平淡乏味的日常生活与作为诗人的强烈敏感的内心生活形成了极大的反差,使他对寓于节律的音乐之美孜孜以求,力求每一个词都响亮、闪光、鲜艳、清澈,珠圆玉润。在诗人家持续了十年之久的"星期二聚会"使得象征主义诗学深入人心。

(葛雷、梁栋 译,树才 注)

# 闪 光

兰波[法]

人类的劳动![1] 这就是时时照亮我的黑暗深渊的那种爆发。

"弃绝虚妄,向着科学,前进!"现代《传道书》发出这样的号召,也就是说,全世界都在这样呼吁。可是坏蛋和懒汉的臭尸正在猛烈袭击其他人的心……啊!快快,更快一点;未来的报偿,永恒的奖励,越过黑夜,就在那里……难道我们弃而不取?……

——我能做什么?我懂得劳动,我能工作;可是科学进展过于缓慢。祈祷却在快步向前,阳光也在怒吼……我看得十分清楚。这太简单了,而且天太热了;人们不需要我。我有我的责任,我要效法多数人,照他们那样放弃责任,我为此感到自豪。

我的一生已经耗尽。好吧!咱们就装聋作哑、偷懒,什么也不干,天可怜见!我们闹着玩,梦想一些妖异的爱情和奇幻的宇宙,自怨自艾,对于世

---

1. 兰波写到了"劳动"—— 人的另一属性。这首诗是散文诗集《地狱一季》中的一首,排在它前面的那一首叫《不可能》,兰波在其中以戏剧对话的形式,表达了灵与肉的搏斗。

界的多重表象争论不休,² 我们就这样生存下去,江湖术士,乞丐,艺术家,匪徒——教士!我躺在医院病床上,有浓烈的香气袭来;神前看管香火的人,神甫,殉道者……

我童年所受的肮脏教育,这下我终于弄懂了。后来又怎样!……走完我二十年的路,既然别人也走完了他们的二十年……³

不!不!现在,我在对抗死亡!对我的骄傲来说,劳动显得过于轻微:背叛世界的那种痛苦会过于短暂。最后的时刻一到,我还要向左右两面发动进攻……

那时,——啊!——可怜的亲爱的灵魂,我们也许不会将永恒丧失。⁴

| 旁白:
| 一、在兰波的全部作品中,《地狱一季》最让人联想

---

2. 这首诗描写的场面极富戏剧性,幻象如闪电般转瞬即逝,把诗人抛入黑暗和深渊。但是,以"闪光"的速度发生的一切,实际上仍然过于缓慢。

3. 诗人也可以采取听之任之的折中办法,只管过日子,不去考虑永恒之类的问题。

4. 在这首诗中,兰波仍然同自己的灵魂对话。但是,在裂痛之后,他已经在尝试一种综合。

到作者短暂而坎坷的一生。这本诗集经常被误解为一串自发的呼号,一团剧烈的混乱。实际上,这是一部非常成熟的作品,结构严谨,形式奇特,自成一体。

二、在《闪光》一诗中,像在《地狱一季》别的诗中一样,兰波以天才的语言模拟力,解剖自己处于极度精神危机中的个人心态。

三、兰波的一生,以令人晕眩的方式,向我们展示了生命在两极之间徘徊的基本结构:憧憬与幻灭,沉醉与狂怒,雄心与失败,得救与受罚……最终他是想"回归大地",做一个坚实的大地上的人。

## [阿尔蒂尔·兰波]

(Arthur Rimbaud,1854—1891),出生于法国北方小城沙尔维尔。父亲是个军官,长期服役在外,母亲生性孤僻,对子女的管束又过于严厉。兰波的诗才似彗星一闪,他的写作时期只有短短五年,却在诗的天空留下了不灭的亮光。如今,兰波永生在人类诗心的躁动不安和急切狂热中,并且成为一种象征,那超验的、灵觉的、永远寻求变化的诗歌生命的源头。在兰波之后,诗人的狂放显得轻薄,诗句的制造过于精巧。

(王道乾 译,树才 注)

# 公元前 31 年在亚历山大 [1]

卡瓦菲 [希]

从他位于市郊附近的村子
那小贩来了,浑身上下
仍满是旅尘。他"香油!""树胶!"
"最好的橄榄油!""头发香水!"
沿街叫个不停。但到处是喧嚣、
音乐、游行,谁听得见他?
人群推他,扯他,撞他。
他完全被弄糊涂了,他问:"这里发生什么事呀?"
有一个人也向他讲那个宫廷大笑话:
安东尼在希腊打胜仗了。[2]

---

1. 亚历山大,历史名城,为马其顿国王亚历山大大帝入侵埃及时所建,古时乃是地中海东部政治、经济和文化中心,现为埃及最大海港和第二大城市。

2. 马克·安东尼(Mark Antony),即马可·安东尼(Marcus Antonius),古罗马统帅。公元前 37 年与埃及女王克娄巴特拉结婚,并宣布将罗马东部领土赠予克娄巴特拉的儿子,遭古罗马元老院和皇帝屋大维兴兵征讨,败于亚克兴战役。克娄巴特拉为向其臣民掩饰战败真相,遂诈称安东尼打胜仗,并以凯旋的方式返回亚历山大。

旁白：

卡瓦菲的诗，多数写得十分平淡，有些更是非常地不起眼，也因此，一本卡瓦菲诗集在身边，可以玩味好多年，我已玩味了十多年了。像这首诗，手中有《卡瓦菲诗集》的朋友，大概还未细细咀嚼呢。这首诗把一个同样不起眼的小贩，置于一个重大历史事件中。我们多少都知道安东尼的故事，也从卡瓦菲的《安东尼的结局》、《天神放弃安东尼》等诗知道这个故事（卡瓦菲总是善于从不同角度写同一题材），但是，安东尼"胜利"的消息传来时，人们到底是怎样反应的呢？卡瓦菲透过亚历山大郊区一个小贩进城来观看这件事。值得注意的是临结尾那两行"有一个人也向他讲那个宫廷大笑话：/安东尼在希腊打胜仗了。"这里的"大笑话"，并不是指那个人真的向他讲笑语，那个人是在高兴地告诉他安东尼打胜仗了，自己并不知道这是大笑话，"大笑话"是从作者（或后世）的角度来看待这件事时的评论。所以这个句子是非常概括的，充满挖苦，也是典型的卡瓦菲式写法。

（黄灿然 译注）

# 城 市

卡瓦菲［希］

你说：“我要去另一块土地，我将去另一片大海。
另一座城市，比这更好的城市，将被发现。
我的每一项努力都是对命运的谴责；
而我的心被埋葬了，像一具尸体。
在这座荒原上，我的神思还要坚持多久？
无论我的脸朝向哪里，无论我的视线投向何方，
我在此看到的尽是我生命的黑色废墟。
多年以来，我在此毁灭自己，虚掷自己。”[1]

你会发现没有新的土地，你会发现没有别的大海。
这城市将尾随着你，你游荡的街道
将一仍其旧，你老去，周围将是同样的邻居；
这些房屋也将一仍其旧，你将在其中白发丛生。
你将到达的永远是同一座城市，别指望还有他乡。[2]
没有渡载你的船，没有供你行走的道路，

---

1. "你"对自己的生活和命运失望之极，但还没有绝望，还想去远方寻梦。
2. "我"对世界的看法比"你"还要悲观。

你既已毁掉你的生活,在这小小的角落,

你便已经毁掉了它,在整个世界。³

| 旁白:

一、设想你和我是同一个人,那样的话是否更令人感到可怕?

二、这首诗表达了一种绝望的心情,但从物极必反的角度出发,这首诗是否还有教诲的作用?

三、按照结尾注释3,你认为这首诗是否可能是一首爱情诗?

[康斯坦丁·卡瓦菲]

(C. P. Cavafy,1863—1933),出生于埃及亚历山大的一个从土耳其迁来的希腊商人之家,原名康斯坦丁诺斯·卡瓦菲斯。父亲去世以后,随母亲在英国生活了七年,此后,在亚历山大的水利办公室谋得一份清闲的差事。卡瓦菲是一位极具个性的诗人,以"历史"和"性爱"闻名。在他死后,收有154首短诗的诗集才得以出版。一般认为,

---

3. 这三行有点反常,似乎生怕"你"真的去了远方,而干脆告之无路可走。

卡瓦菲直到三十三岁才写出好诗,其中最重要的诗大多是四十八岁以后所写。不过,这里所选的《城市》却是他的早期作品。

(西川 译,蔡天新 注)

# 茵纳斯弗利岛 [1]

叶芝 [爱尔兰]

我就要动身走了,去茵纳斯弗利岛,

搭起一个小屋子,筑起泥笆房;

支起九行芸豆架,一排蜜蜂巢,

独个儿住着,荫阴下听蜂群歌唱。[2]

我就会得到安宁,它徐徐下降,

从早晨的薄雾落到蟋蟀歌唱的地方;

午夜是一片闪亮,正午是一片紫光,

傍晚到处飞舞着红雀的翅膀。[3]

我就要动身走了,因为我听到,

那水声日日夜夜轻拍着湖滨;

---

1. 此诗收入叶芝的诗集《玫瑰》。茵纳斯弗利岛,爱尔兰民间传说中的一个湖中小岛。

2. 诗人设想自己将在茵纳斯弗利岛上隐居田园,过一种简朴而自由的生活。

3. "徐徐下降"的"安宁"描绘了诗人在自然中逐步体悟到心灵的归于宁静,这一节过渡到诗人的内心,"从早晨的薄雾落到蟋蟀歌唱的地方"实际上指从早晨到夜晚。三、四两节状写宁静内心的色彩,不同的色彩反映出不同的感受以及激情的丰富形态。

不管我站在车行道,还是人行道,
我都在心灵深处听见这声音。[4]


> 旁白:
>
> 一、这是叶芝的早期诗作之一,诗人曾在《自传》中谈到,他是在伦敦的一条街道上行走时忽然产生灵感,忆起故乡斯莱哥(Sligo)镇附近的一个名叫洛夫·吉尔的湖及其上的小岛。
>
> 二、这首诗所描述的那座湖中小岛,存在于传说之中,诗人宣称自己要动身前往这座岛,并设想自己在小岛上要过的生活,通篇的构造都基于一种想象,但可以说是诗人的"心灵之眼"所能看到的幻景:厌倦了喧嚣的世俗,向往和追求心灵的宁静境界。
>
> 三、这首诗形式整饬、韵律感强,叶芝自己曾说过:这是首"初次具有我自己的音乐节奏的抒情诗"。

(袁可嘉 译,周瓒 注)

---

4. 诗人置身在城市(伦敦)的街道上,内心却听到来自茵纳斯弗利岛周围湖水的召唤。这一节点明了诗人的心灵和理想中的宁静状态的契合。"茵纳斯弗利岛"及其之上的自然景观都是一种象征,是诗人感情的内在世界的物象化。

# 象 征

叶芝[爱尔兰]

风雨飘摇的古楼中,
盲目的处士敲着钟。[1]

那无敌的宝刀还是
属于那游荡的傻子。

绣金的锦把宝带围,[2]
美人同傻子一同睡。[3]

| 旁白:
| 一、英诗的严谨印象大多被一些散文化的汉译给破坏了。

---

1. 这首译诗韵脚舒朗,aa/bb/cc,每行八个字,将典型英诗的音步和韵脚变化都表现出来了。翻译可谓认真,词语也很典雅,即使傻子这样的灰词,也有戏谑的味道。

2. "锦"是一字,后面是一个把字句,末尾也是一字,节奏明朗,和谐而美。所谓诗歌之美就该是这样。

3. 这很幽默。两个"同"字用得也好。

叶芝的诗在汉译里能被理解是不太容易的,因为他的美大多体现在形式上,有点宋代某些诗的特点。

二、读别的汉译大多能读出些意思,但叶芝最好是读原文。除了杨译,傅浩的叶芝是最值得信赖的。

三、短短六行,美出来了,意思也出来了。它象征什么?每一个名词都是符号,等着读者用另外的词汇去替换它。其实音乐就是这样。那么这首诗也就是诗的音乐了。

(杨宪益 译,桑克 注)

# 柯尔庄园[1]的野天鹅

叶芝[爱尔兰]

树林里一片秋天的美景,

林中的小径很干燥,

十月的黄昏笼罩的流水

把寂静的天空映照;

盈盈的流水间隔着石头,

五十九只天鹅浮游。[2]

自从我最初为它们计数,

这是第十九个秋天,

我发现,计数还不曾结束,

猛一下飞上了天边,

大声地拍打着翅膀盘旋,

勾画出大而碎的圆圈。

我见过这群光辉的天鹅,

---

1. 为叶芝好友格雷戈里夫人的私人庄园,叶芝一生曾多次到这里做客、停留。

2. 语言如此清澈、富有质感,使事物历历在目。这种清澈只能出自一种心灵的清澈。

如今却叫我真疼心,[3]

全变了,自从第一次在池边,

也是个黄昏的时分,

我听见头上翅膀拍打声,

我那时脚步还轻盈。[4]


还没有厌倦,一对对情侣,

友好的冷水中行进,

或者向天空奋力地飞升,

它们的心灵还年轻,

也不管它们上哪儿浮行,

总有着激情和雄心。


它们在静寂的水上浮游,

何等的神秘和美丽!

有一天醒来,它们已飞去,

在哪个芦苇丛筑居?

哪一个池边,哪一个湖滨,

取悦于人们的眼睛?

---

3. 叶芝写作此诗时,柯尔庄园即将被收归国有,这曾使叶芝深感愤怒。在他看来,柯尔庄园是一种文明价值的象征,因此天鹅的光辉只能让他"疼心",他在目睹一种高贵事物的消逝和毁损。

4. 叶芝写此诗时已五十一岁了。

| 旁白:

这不是一般的咏物诗,而是把这群光辉的天鹅放在一个更大的时间范围——人生的、历史的视野里来写,从而赋予这一切以更深长的意味。因而这是一曲挽歌,对美、文明价值和人生的挽歌。

(袁可嘉 译,王家新 注)

# 美丽高贵的事情

叶芝 [爱尔兰]


美丽高贵的事情;欧李尔瑞[1]的高贵的头颅;
在艾贝剧院的我父亲,[2]他面前是狂热的群众。
"这国度辈出圣徒,"掌声停息后又说,
"石膏圣徒,"他美丽而顽皮的脑袋向后一甩。
身体支撑在桌子之间的斯坦迪士·欧格莱蒂[3]
向一群醉醺醺的听众说着无意义的大话;
坐在她那镶金桌子前的奥古斯塔·格雷戈里,[4]
她的八十春秋正临近;"昨天他威胁我的生命,
我告诉他每晚六点至七点我都坐在这桌前,
百叶窗拉起,"在豪斯车站等火车的毛德·岗,[5]

---

1. 约翰·欧李尔瑞(1830—1907),爱尔兰爱国者。

2. 即约翰·叶芝(1839—1922),诗人的父亲。辛格的剧本《西方世界的花花公子》在艾贝剧院上演时受到攻击,这里描绘的是老叶芝在公开辩论会上为之辩护的场景。

3. 斯坦迪士·欧格莱蒂(1846—1928),爱尔兰历史学家、小说家。

4. 格雷戈里夫人(1852—1932),叶芝的好友,艾贝剧院的赞助者。

5. 毛德·岗(1866—1953),爱尔兰女演员,叶芝长期爱恋并追求的对象。

那腰背挺直头颅高傲的帕拉斯·雅典娜；

所有的奥林匹斯山神；一件永不再被人知的事情。

| 旁白：

一、叶芝晚年的诗风变得更为质朴有力，从这首并非他最著名的诗中就可以看出。

二、诗的主题并不复杂，开头一句"美丽高贵的事情"总括全篇。值得注意的是，叶芝似乎漫不经意地选择了具有典型性的人物和事件来支持这一主题。其中有详有略，有的一笔带过，有的则选取了具体的行为和场景，如他的父亲为辛格的一出备受争议剧辩护时的情景，如格雷戈里夫人对威胁要取她性命的佃户说的话，以及毛德·岗在第一次拒绝了叶芝求婚的第二天在车站里等待火车的场面。这些在诗人看来，当然都是属于"美丽高贵的事情"。

三、这首只有十二行的诗歌涵盖了爱尔兰社会生活的各个方面。在主题和写法上与另一首篇幅稍长的诗《重访市立美术馆》接近。我注意到那首诗结尾的句子："在他们形象的轮廓线中追寻爱尔兰的历史；/ 思索人的光荣多半在何处开始和结束;/说我的光荣就是我有过这样的朋友。"

## [威廉·巴特勒·叶芝]

(William Butler Yeats, 1865—1939),出生于都柏林,1923年诺贝尔文学奖得主。大半生都在爱恋女演员毛德·岗,并在她的影响下卷入爱尔兰独立运动,但始终若即若离。叶芝灵感的另一个重要来源是神秘主义,从中提炼出他的象征主义符号体系。早期诗作有唯美主义倾向,优美而超俗,具有梦幻色彩并运用了爱尔兰民间传说和神话。后来诗风发生了转变,语言变得简练,现实感也增强了。

(傅浩 译,张曙光 注)

# 天要下雪了

雅姆〔法〕

几天内就要下雪了,我想起
去年的今日。我想起火炉角上 [1]
我的哀愁。假如有人问我:"怎么啦?"
我将回答:"让我安静,没什么。"

往年,我在自己的房间深深地思索,
当外面大雪沉重地降落。
我无端地思索,而今就像当年,[2]
我吸着带琥珀嘴的木烟袋又开始思索。

我的老栎木柜橱依旧散发着芳香,
但我却愚木起来,因为这些东西
总是一成不变,[3] 因为我摆出
想把我知道的事情全部赶走的架子。

---

1. 雪天进入回忆,回忆的语调是缓慢的。

2. 去年的雪天和今年的雪天的比较。

3. 我发生了变化。

我们为什么要想，要说？真好笑。
我们的泪我们的吻它们不说话
我们却懂得它们，一位友人的
脚步比甜蜜的话语还温存。[4]


人们给星斗洗礼，不用想
它们不需要命名，美丽的彗星
在夜空出现的次数的数字
对它们并没有任何的压力。


而今，我去年的古老哀愁
何处去了？它们只给我留下朦胧的影子。
假如有人来到我的房间问我："怎么啦？"
我要说："让我安静，这没有什么。"[5]


| 旁白：

一、这是我看到的一首比较好的写雪天的诗，安静而悠缓。

---

4. 寂寞总是无声的。

5. 雪天的哀愁表面看来是安静的，波动都在雪面下。

二、语调优美,静静地表现了古老的忧愁,轻的忧愁。

## [弗朗西斯·雅姆]

(Francis Jammes. 1868—1938),出生于图尔奈。在波尔多完成学业以后,隐居在奥尔泰茨,有意回避巴黎的文学圈子。他的诗歌天然质朴,作为对象征主义的抵制,提倡重返大自然,回到日常生活琐事和童稚般的朴实,但却被视为后期象征主义的代表。晚年倾心宗教,《天要下雪了》是其名作。

(葛雷 译,桑克 注)

# 失去的美酒

瓦雷里[法]

有一天我向海洋里
(不记得在什么地方)[1]
作为对虚无的献礼,
倒掉了宝贵的佳酿。

谁要你消失呀,芳醇?
是听了占卜家劝诱?
也许是我忧心如焚,
想着血,就倒了美酒?[2]

一贯是清澈的沧海,
起一阵玫瑰色薄霭,
就恢复明净的原样……[3]

---

1. "有一天",加上括弧里的"不记得在什么地方",目的是为了让读者跟随诗人的叙述前行。实际上,这是虚拟的叙述,虚实变化,本属写诗之道。

2. 三个设问,又把读者的注意力引向诗人的内心声音。这自言自语似的内心独白,既是对内心的披露,又是对内心的挖掘。

3. "明净的原样"让人回味起第一节中的"虚无"。

丢了酒,却醉了波涛!……

我看到空里腾跃

深湛的联翩形象……[4]

| 旁白:

一、这是一首精美的十四行诗。诗中"美酒"这个词,法文其实特指"葡萄酒",但诗人卞之琳将其转换成汉语母语里的"美酒",有他推敲之后的道理。瓦雷里的诗无一不是精心锻炼而成的纯粹之作,而中国人对"葡萄酒"这个词,在感觉上缺乏审美暗示,只能唤起一种物质性的联想。"美酒"能深广地唤起汉语文化中积淀而成的审美想象,也更具精神含量。

二、在"虚无"和"形象"之间的自如来回中,可以识见瓦雷里的诗艺和诗学信念。关键是要"看到",用眼,更用心;还要词语地"写出",这形象,这深度。

[保尔·瓦雷里]

(Paul Valery,1871—1945),出生于地中海海滨的塞特,

---

4.虚无之大,其大无外;虚无之小,其小无内。一切献礼,大海都以波涛的姿态笑纳。但"美酒"毕竟让诗人明察到了虚无中的"形象"。

父亲是科西嘉人,母亲是意大利人。湛蓝的大海常让少年瓦雷里浮想联翩。1890年,他结识马拉美。两年后一个暴风雨之夜,瓦雷里经历了一场深刻的精神危机,他决定舍弃爱情和文学,潜心钻研精神和哲学。但是,一首长诗《年轻的命运女神》,又把他送还缪斯的怀抱。他最著名的诗作《海滨墓园》,以精妙的音乐、纯粹的结构、洞察的深度,呈现了形而上的沉思之美。

(卞之琳 译,树才 注)

# 未走过的路

弗罗斯特[美]

黄色的树林里分出两条路,

可惜我不能两条路都走过

身为旅客,[1]我伫立良久

并尽我所能地,向一条路眺望

直望到它拐弯,消失在丛林深处;

尔后,我踏上另一条路,同样美好,

或许我还有选它的更好理由,

因为它绿草萋萋,还不曾被践踏,

虽然我要说,一旦我经过

就同样难免会把足迹留下。[2]

那天早上,两条路都盖满落叶

---

1. 诗的起句就把我们带到一个充满象征意味的情境,在树林里面对两条道路,意味着必须做出选择。这个情境也让我们联想到但丁《神曲》的开头:"就在我们人生旅程的中途,我在一座昏暗的森林之中醒悟过来,因为我在里面迷失了正确的道路。"

2. 两条路可供"我"自由选择,暗示着"我"所面对的可能性和"我"选择的主动性,然而,一旦选择的行为发生,主动性将决定可能性的方向。

还没有脚印将它们踩乱弄脏。[3]

哦,待我改天再走第一条路吧!

然而我知道,道路接引着道路

我也拿不准能否回返旧地。[4]


岁月流逝,将来在某个地方

我会叹一口气,讲起这一切:[5]

两条路分开在一个林间,而我——

我选择了人迹罕至的那一条,

从那一刻起,一切的差别就已铸就。[6]


| 旁白:

一、弗罗斯特在英国时,结识了一批英国诗人,其中,爱德华·托马斯成为他亲密的朋友和他早期诗歌的权

---

3. 这两条路有差别,但不是对立的,没有引申出两条路的好坏或选择的对错,不像但丁诗中提及的,存在某种"正确的道路",弗罗斯特在这里只提示了客观的可能性。

4. 选择的结果,也同时意味着选择者必须承担某种危险或风险。

5. 由选择而缩小的可能性所带来的遗憾,"我"(I)与"叹息"(sigh)在原文中押韵,它产生了一种反讽的效果,即对这种将来会遗憾的可能性的自嘲。

6. "人迹罕至的"是"我"做出选择的理由,诗在最后两行里点题,说明选择的自主性及其自主选择所必然面临的结果。整首诗在结尾处显示其哲理性。

威阐释者。据作者自己讲,这首诗源自他旅居英国时的经历。托马斯常和弗罗斯特一起到林中散步,有一次在散步途中,他懊悔没有走另一条路,好让他的美国朋友见识某种稀有植物或某处美景。不过,当弗罗斯特将这首诗寄给托马斯时,后者却没有看出来。

二、这首诗以平实、质朴的口语,通过现实生活中一个普通的场景的呈现,描绘了一个面临选择的人和他选择时的心态,至于选择的内容代表了什么,诗人却没有交代和评价。或许,"选择"本身就是诗的主题。

三、"选择"作为诗的核心或诗眼,它还意味着人的主动性、生活中的可能性,以及人和世界发生关系时的现实性。一旦主动性发挥作用,既成的现实就将决定可能性的方向。可能性和现实性不可替换。正因为一旦走上一条路,便不再可能回返,所以到诗的结尾,诗人发出叹息。

## [罗伯特·弗罗斯特]

(Robert Frost, 1874—1963),出生于旧金山。三十八岁时举家移居英国,第一本诗集在伦敦出版后立即受到评论家的好评,第二年出版诗集《波士顿以北》,取得更大的成功。1915年,全家渡海回国,他已经是一位成名的诗人了。此年被任命为阿默斯特学院驻校诗人,直到退休,期间美国有数十所大学或学院相继授予他荣誉称号,并四次荣获普利策奖。诗风朴实无华,近乎于口语,同时又异常尖锐深刻。

(周瓒 译注)

# 画　像

马查多 [西]

我的童年是记忆中塞维利亚的一个庭院[1]
和一个花园，阳光中柠檬逐渐变黄；
我的青春是卡斯蒂利亚大地上的二十年；[2]
我还有一些经历恕不赘述。

我不是大色鬼，也不是朱丽叶的情人；[3]
——我一身笨拙的衣着足以说明——
但丘比特安排给我的箭我受了，[4]
而我爱任何在我身上找到家的女人。

我身上流淌着一股左派的血液，
但我的诗来自平静的深泉。
我不是空谈家，也非世故者，
只是个地地道道的善良人。

---

1.2. 塞维利亚和卡斯蒂利亚皆为西班牙地名。

3. 即罗密欧，均出自莎士比亚名剧《罗密欧与朱丽叶》。

4. 丘比特是罗马神话中的爱神，此行意为遇上爱情。

我崇拜美,留意当代思想,

从龙沙的花园里折来几枝老玫瑰;[5]

但新颖化妆品和服饰都不适合我;

我不是那种善于啁啾的鸟儿。


我不喜欢抒情的空心男高音

和蟋蟀们对月亮的合唱。

我沉默是为了将声音与回声分开,

而我在众多声音中倾听那独一无二的声音。


我是古典派还是浪漫派?谁知道。我留下的诗歌

要像战士留下他的剑,剑出名

是因为紧握它的粗大结实的手,

而不是因为骄傲的铸剑人留下的印记。


我总是跟那个与我同行的人说话;[6]

——自己跟自己说话的人,都希望有一天

跟上帝说话——

我的自言自语相当于跟这个朋友讨论,

---

5. 龙沙是法国文艺复兴时期的诗人,此行指作者受过龙沙的影响。

6. 指诗人的另一个自我,也可以说是诗人心目中自己的理想化的形象。由于是理想化的,故往往会严格约束诗人、督促诗人。

他教会了我爱人类的秘密。

最后,我不欠你什么,而你欠我我写的东西。
我努力工作,用我赚来的钱
买衣服和帽、我居住的房子、
养我身体的食物、我睡觉的床。

当最后告别的那一天到来,
当那艘永不返航的船准备起航,[7]
你会发现我在船上,轻松,带着几件随身物品,
几乎赤裸如大海的儿子。

| 旁白:

| 这是诗人马查多的自画像,语气真诚而诙谐。诗中有
| 一些值得特别注意的妙句。"而我爱任何在我身上找
| 到家的女人",一妙。从表面看,可简单直接地理解

---

7. 指告别人世。

为女人依偎在诗人怀抱中,但从深一层说,是指这种女人喜欢诗人的品格,并能在诗人身上找到家一般的自在。"我身上流淌着一股左派的血液",二妙。不过,这是英译者勃莱改造的,原意是身上流淌着叛逆的血液。"我沉默是为了将声音与回声分开,/而我在众多声音中倾听那独一无二的声音",三妙。这两行诗道出诗人的修养和气质所在,也是他之所以能够成为20世纪最伟大西班牙诗人的原因。"我留下的诗歌/要像战士留下他的剑,剑出名/是因为紧握它的粗大结实的手,/而不是因为骄傲的铸剑人留下的印记",四妙。诗人表示要专心写诗,弃绝名利,他确实这样做了。"最后,我不欠你什么,而你欠我我写的东西",五妙,绝妙。说得既幽默又自信,而且如此确切——马查多先生,我欠你实在太多!

## [安东尼奥·马查多]

(Antonio Machado, 1875—1939),出生于塞维利亚。八岁时同家人移居马德里,大器晚成,苦读了十余年才取得学士学位。二十八岁出第一本诗集,并决定当中学法语教师。他通过了资格考试,到卡斯蒂利亚一个山区教书,在那里逗留了五年,并与十五岁少女莱昂诺尔结婚。不久妻子即染上肺结核死去,他终生未再娶。他在多个农村学校辗转，1932年才又回到马德里。马查多个性谦逊而温厚，重视诗歌的音韵，更重视他人的痛苦。一般认为，他是20世纪最伟大的西班牙诗人。

(黄灿然 译注)

# 关于无用的叙事诗

雅各布［法］

闪亮的是我手中的这把锹[1]

低处是土地和它的风景。这里岩洞

或某种事物的敞亮。

闪亮的是我手中的这把锹，而假如我

从边上掀起泥土，这泥土将落向何处？而

晕眩不会将我攫住。闪亮的……徒劳的活儿！[2]

闪亮的是岩洞旁的竖琴，闪亮的是

这些琴弦：难道有一些不会断裂、生锈？

快一点钳子！快一点夹子！[3]

闪亮的是我迅捷的指头在琴弦上的拨动：

一丝微笑同光的一闪是一样的。

闪亮的……徒劳的活儿！

下面人们已准备好用橄榄和束棒做成的

---

1. "闪亮的是我手中的这把锹"，这句诗总共重复了三次，构成了一种旋律，让人的眼前不断闪现锹，光亮，光亮，锹……

2. "闪亮的……徒劳的活儿"，这中间的省略号多么耐人寻味！诗人甚至懒得去指出它。

3. 这真是诗人的调皮，优雅而高超。钳子，夹子，都是为了让琴弦保持闪亮。

胜利之弓：难道你从不下凡

参加这些庆典？闪亮的是我手中的

这把锹，闪亮的是岩洞旁的这把竖琴[4]

土地和它的风景太低。

| 旁白：

一、这首诗是雅各布的晚年之作。这样骄傲而高妙地叙述诗人劳动的"无用"，简直让心领神会的读者开心地抿嘴一笑。

二、诗人坦率承认："这些琴弦"有一些会断裂、生锈。他的幽默告诉我们：劳动吧，只有劳动才能补偿。

三、这首诗的调子也非常可爱。把"闪亮的""锹"同"土地和它的风景"相比较，人类精神劳动的高度一下子就凸现出来了。

[马克斯·雅各布]

(Max Jacob，1876—1944)，犹太人，出生于布列塔尼，立体派诗人，1915年改信天主教。在雅各布的诗中，回

---

4. "锹"和"竖琴"最终混同一体。"锹"闪亮，"竖琴"闪亮……"胜利之弓"只是"下面"的"人们""用橄榄和束棒做成的"。心灵庆祝的恰恰是那闪亮，那一闪而过的精神之光。

响着一种痛苦的悖论：说那无法说出的，也是从词语的泥淖中锻造一种极端的、完整的、魔术般的表达。诗歌写作是试图披露，试图让心中的秘密可见、可分享。1944年的一天，他做完弥撒走出教堂，被盖世太保抓走，最后死于集中营。雅各布的诗是人类生命记忆的一部分：骨头的沉重，鲜血的活泼，肉体的痛楚。

（树才 译注）

# 一位高声调的基督老女人

斯蒂文斯[美]

诗歌是最高的虚构,夫人。
用道德法则建造它的中殿[1]
又由中殿筑起闹鬼的天堂。这样,
良心就变成了棕榈树,[2]
如同多风的竖琴渴望着圣歌。
我们原则上同意。那很清楚。但
用相反的法则建造一道柱廊,[3]
又由这柱廊设计出行星上的
假面舞会。这样,我们的淫欲,
未被墓志铭净化,最终得到了满足,
同样被变成棕榈树,
扭曲着像萨克斯风。棕榈对棕榈,
夫人,我们在起点处。因此,

---

1. 中殿是指教堂从二道门一直延伸到唱诗班的主要部分,两侧通常被柱子与甬道隔开。这里被斯蒂文斯用来隐喻宗教或宗教理论的建立过程。

2. 棕榈树在斯蒂文斯的诗中经常出现,被认为代表了尘世的乐园。

3. 柱廊,指一排环绕的建筑物,通常是庭院或寺院的柱子。因为这类地方一般是上演假面剧的地方,被斯蒂文斯隐喻为建筑地上乐园的过程。

在这行星的场景中,准许

你不满的苦行者,吃得饱饱的,

游行时拍打他们愚钝的肚子[4],

得意于这种崇高的新奇,

这种叮零叮咚和咚咚声,

可能,仅仅是可能,夫人,他们从自身

抽打出这星球上快活的喧嚣。

这会让寡妇退缩。可虚构的事物

使劲眨眼[5],当寡妇退缩眨得更凶。

旁白:

一、从标题我们了解到,这首诗是写给"高声调的基督老女人"的,这不是指某一个人,而是代表了那一类人。

二、诗中传递出斯蒂文斯的基本思想。他认为想象可以整饬并改造现实,而在思想和现实之间可以建造一个理性的世界("用道德法则建造它的中殿/又由中殿

---

4. 写享乐主义者们游行的情景。

5. 不满的苦行者的游行对高声调的基督老女人一类人的刺激。

筑起闹鬼的天堂"),也可以是一个愉悦的世界("用相反的法则建造一道柱廊,/又由这柱廊设计出行星上的/假面舞会")。

三、尽管这首诗略显艰深,但读起来却极为流畅,语气亲切委婉,细细品味,似乎带有某种调侃的意味。能在短短的几十行诗中表达这么复杂的含义,显示出了诗人非凡的艺术功力。

(张曙光 译注)

# 坛子的逸事[1]

斯蒂文斯［美］


我把一只坛放在田纳西，[2]
它是圆的，置在山巅。
它使凌乱的荒野
围着山峰排列。

于是荒野向坛子涌起，
匍匐在四周，再不荒莽。[3]
坛子圆圆地置在地上
高高屹立，巍峨庄严。

它君临着四面八方。
坛是灰色的，未施彩妆。

---

1. 在这首诗里，坛子被取消了它在日常生活的实用功能，而象征着艺术想象力。

2. 选择田纳西而不是别的地名，可能与它的发音和视觉形象有关，它与康涅狄格的距离也不远不近。

3. 在凌乱的荒野中添加一个人工制作的物品，如同在一群麻雀中间竖立一个稻草人，必然会引起普遍的警觉。

它无法产生鸟或树丛

不像田纳西别的事物。[4]



旁白:

一、小诗不小,这是斯蒂文斯诗歌的特点。他是一位具有美学沉思的冥想型诗人。在这首诗里,抽象的观念和具体的事物并列,从中产生的张力足以把读者吸引住。

二、斯蒂文斯认为,对于一个人来说,最重要的是向大千世界的繁复经验开放自己的感官,主动体验人生各种微妙的经历。

三、归根结底,自然与艺术是协调的还是向背的,这是人人都想搞清楚的问题,也是谁都无法搞清楚的问题。


[华莱士·斯蒂文斯]

(Wallace Stevens, 1879—1955),出生于宾夕法尼亚的雷丁,毕业于哈佛大学,从事律师职业,后来一直担任康涅狄

---

4. 坛子没有生命力,这意味着艺术的无用,也即审美的非功利性。在这里,诗人既赞美了艺术,又赞美了自然。

格一家保险公司的副董事长。毕生与诗歌界保持相当的距离,从未去过欧洲,最远只到加拿大。斯蒂文斯的诗歌接近于纯粹艺术,富于形而上的思考,并因此被视为"诗人的诗人"、"批评家的诗人"。既是成功的商人,又是最优秀的诗人,他树立的典范无人可以企及。

(赵毅衡 译,蔡天新 注)

# 红色手推车

威廉斯 [美]


那么多东西
依靠 [1]

一辆红色
手推车 [2]

雨水淋得它
晶亮 [3]

旁边是一群
白鸡 [4]

---

1. "那么多东西"这个意象和漫无边际的雨水相对应,正如"红色手推车"与作者所在的房屋相对应。

2. 这首诗的色彩丰富,像一幅水彩画。其中红色是主调,白色是映衬。

3. "晶亮"也是一种颜色,是一种可由读者自由想象的颜色。

4. 设想一下这辆手推车是一个轮子的,它摇晃着前行的样子,与小鸡的步态十分相似。

| 旁白：

一、这首诗的场景是在雨中，每一节的第一行和第二行之间的折断(注意到第二行更短促一些)令人想起了"雨滴"。

二、威廉斯后来曾谈到，写这首诗歌的时候，他坐在一个生病的儿童旁边，这个孩子正抬头望着窗外。这一点对我们理解这首诗应该有所帮助。

三、这首诗并没有什么暗示或象征，它只是一幅清新、具体的画面。它告诉我们，一首诗有时可以纯粹表达喜悦和美，而不要任何深刻的含义。

## [威廉·卡诺·威廉斯]

（William Carlos Williams，1883—1963），美国诗人，出生于新泽西州的卢瑟福德镇，先后在宾夕法尼亚大学和德国莱比锡大学学医，毕业后在家乡行医。威廉斯努力寻求诗意的美国精神，反对以艾略特为代表的智性化写作，希望自己的作品被普通的老百姓理解。威廉斯的诗风简朴、明晰、客观，对包括垮掉派在内美国后现代主义诗歌影响极大，《红色手推车》以简洁、生动和富有想象力著称。

(袁可嘉 译，蔡天新 注)

# 林 中

苏佩维埃尔[法]

在一座古老的森林中,
一株高高的树被伐倒了。[1]
一条垂直的虚空
震颤着,形成一根树干
在那倒下的树旁。[2]

当它还在沙沙作响,
找吧,找吧,[3] 鸟儿们,
在那崇高的纪念里,
你们的巢[4]在什么地方?

---

1. 这两句写得平实,指出一个再也平常不过的小事件。

2. 转折接踵而止。"实写"顿时转为"虚写"。在形而下的事件基础上,矗立起了诗作为形而上感悟的摩天大楼。"震颤着,形成一根树干",写得非常有力量。

3. 诗人自己何尝不在"找"呢?在"沙沙作响"中,大树又复活了。

4. "巢"显然已不在了,但又无所不在。记忆确实是诗的秘密之一。

| 旁白：

一、这首诗写得简短，平实，简朴，克制，却非常动人。苏佩维埃尔的诗有一种神秘的对逝去事物的怀恋之情。

二、优秀的抒情诗有事实作为出发点，但必然要经由心灵得到升华。在形而下的事件基础上，矗立起了抒情——作为形而上感悟的摩天大楼。

三、这首诗揭示了诗歌和记忆的内在关系。笼统地说，可以把诗视作记忆的艺术。在记忆中并通过记忆，诗得以强有力地作用于人类的心灵。

## [于勒·苏佩维埃尔]

（Jules Supervielle, 1884—1966），出生于蒙得维的亚，这位悲辛的诗人既是法国人又是乌拉圭人。他虽然算不上一位创新者，但他以心灵的神秘力量，迫使人们叹赏他的诗歌。他一生都喜爱牲口，依恋海洋，醉心于秘密。他的诗仍保留着对古典诗韵，尤其是六音节或八音节短诗句的偏爱。在他的诗中，传统诗的魅力和现代诗的骚乱奇妙地结合在一起。在诗人的晚年，死亡恼人的阴影折磨着他患病的心脏。

（罗洛 译，树才 注）

# 坟　墓

穆尔［美］

人看海，

看法取自对它有发言权的那些人，

就像你看待自己时那样，[1]

站在事物的中心，乃是人类天性，

然而你不能站在海的中心；[2]

海并不提供什么，它只是一座挖好了的坟墓。[3]

冷杉成行，每棵树顶都有一个翠绿的火鸡爪，

矜持如其外表，什么也不言说；[4]

---

1. "看海"是一种人类观赏和探究大自然的一部分（海）的行为，但是，看海的人得出的"看法"到底和海有什么关系呢？诗人在这里质疑。其实，这些"看法"只是从别人那里得来的，就像人看待自己，也是从和别人的比较和对照中认识自己。

2. 诗人进一步指出，人类看待事物的方式，往往是自以为能抵达事物的中心，即非常清楚地了解事物并得出认识，可是，"你不能站在海的中心"。此句既为实写，也是隐喻，它直接过渡到下文的一个核心比喻："海是一座坟墓"，或"海即死亡"。

3. "不提供什么"隐含着对人们关于海的"看法"是客观的、来自大海本身的这种观念的反讽。"挖好了的"暗示了下文中关于大海吞没一切（包括人们对它的"看法"）的特征。

4. "冷杉成行"一句，似乎是写海边的景色，不过，既然诗人把大海比作坟墓，成行的冷杉和坟墓，也令人联想到墓园的景观。"冷杉"的"矜持"和"不言说"的特征同样暗示了它们也不为人们提供任何关于海的"看法"。"翠绿的火鸡爪"，是冷杉树顶的很形象的联想。

但是,克制并非大海最显著的个性;

海是一个收藏家,飞快地报以贪婪的一瞥。[5]

除你之外,还有其他人曾有过那一瞥——

他们的表情不再是一种抗议;游鱼也不再探查他们

因为他们的尸骨没有被保留:[6]

男人们撒下渔网,并未意识到他们是在亵渎一座坟墓,

反而迅速地把船划开——桨叶好似

水蜘蛛的脚,一齐挥动,就像不存在死这回事。[7]

波纹推进,有如方阵——在泡沫的网下,显现出美,

继而消退,无声无息,当海水嗖嗖地从海草间进进出出;

而鸟儿飞快地穿游天空,同时发出刺耳的尖叫——

这龟甲般的海面蹂躏悬崖的脚,在它们脚底下骚动;[8]

---

5. "克制"是由前一行中的"矜持"和"不言说"延伸而来的,进一步点明大海的内在特性,即它有着一个收藏家的性情。收藏家有对收藏品的迷恋和强烈的占有欲,此处,诗人又把海比作人(某类人),暗示上文提及的看海的人(或许也是某类人)对大海的"看法"也带有某种特殊性,或许也是因为人对事物有一种占有欲和迷恋。这样,就过渡到下文诗人对渔人到海里撒网捕鱼等行为的联想。海和人的关系,似乎带有某种相互占有的特征,但实质上,却是大海真正占有人和万物。

6. 被大海吞没的人的"表情"当然不再是"抗议",因为人在和大海的搏斗中失败了。"抗议"这种关于人的情绪和态度的描绘,直接联系着贯穿整首诗的有关人对海的"看法"(即态度和认识)的话题。

7. 男人们撒网捕鱼,只关注能否得到收获,却丝毫不关注海对人的态度。"亵渎"暗示海具有某种被人类忽略的神圣特性。

8. 原文中并未提及龟甲是海面的喻体,但根据上下文,这一句诗人的视野仍然是在海面上,呼应上文中的"波纹推进"一句,而且"波纹"也直接令人联想到龟甲上的纹路。

而海洋，在灯塔与警钟浮标的噪声的震颤之下，
依旧前进，看不出它是落物必沉的那片海洋——
在水中，要是那些落物侧身翻转，那既非出于自愿，
也不带有知觉。[9]


| 旁白：

一、此诗自1924年开始写作，至1935年才完成。可见，一首诗，即使是这样一首短诗，对于写作者来说，也经常需要长久而持续的关注，不断修改和润色。

二、诗的开始谈到人们对大海的"看法"其实并不来自每个个人，而是来自别人，即"那些对它有发言权的人"，这里诗人质疑了一种照镜式的传统的观物方式。

三、穆尔是一位非常讲究措辞的诗人，这首诗看起来很散文化，诗行较长，整首诗采用了一种平淡的、微微反讽的口吻。

四、虽然这首诗所揭示的是一个颇为残酷的事实，诗人通过质疑人对大海的"看法"从而揭示出大海吞没一切的特征，但是，这一主题性的因素也不完全是消极或悲

---

9.倒数第三行用"海洋"(the ocean)代替上文中一直称之为的"大海"或"海"(the sea)，暗示诗人此处写到了海的内部，那不透明的水中的情形。最后一句中，掉在海里的物体虽然会翻转运动，但其实，它们丝毫不具有自觉意识，诗人点明了大海吞噬一切的死亡性质。

观的。事实上,穆尔关于大海的特征的书写,某种意义上讲也是人类关于海的看法的一种,因此,这首诗主要的意义在于,通过对大海吞没一切的特征的揭示,表现了诗人能够正视残酷现实的勇气。

## [玛丽安·穆尔]

(Marianne Moore,1887—1972),出生于密苏里的圣路易斯。在宾州度过童年后,移居新泽西,后随母亲去纽约,一住就是六十年。期间曾在费城的一所女子学院攻读生物学,养成了才女的孤芳自赏,终生未嫁。1921年,在她本人不知情的情况下,出版了处女作《诗歌集》,从此蜚声文坛。1924年,因"对美国文学做出卓著贡献"获得日晷奖,随后被任命为《日晷》杂志主编。1967年,她的《诗歌全集》面世。

(周瓒 译注)

# 窗前的清晨 [1]

艾略特[英]

她们在地下室的厨房里叮当洗着
早餐的盘子,而沿着踏破的人行道边
我看到了女仆的阴湿的灵魂
从地下室的门口忧郁地抽出幼苗。[2]

从街的尽头,棕色的雾的浮波
把形形色色扭曲的脸扬给了我,[3]
并且从一个穿着泥污裙的过路人
扯来一个茫然的微笑,它在半空
飘浮了一会儿,便沿着屋顶消失了。[4]

---

1.我们假设这首诗写的是伦敦。艾略特移居英伦以后相当一段时间在银行做职员,通过这首诗,我们可以想象他早晨匆匆去上班的情景。

2.不仅伦敦的雾,洗盘子的水冒出的热气也加重了这种阴湿和忧郁。

3.这一句使人想起诗人的名作《普鲁弗洛克的情歌》里的两行"黄色的雾在窗玻璃上擦着它的背,/黄色的烟在窗玻璃上擦着它的嘴。"

4.通过最后三行描写,进一步说明了伦敦的雾有多厚。

| 旁白:

一、作为 20 世纪的大诗人,艾略特的诗没有被参与本书评注的其他诗人选中实在有些意外,这或许是与他的诗较长也较晦涩有关。

二、从早晨开始就呈现这幅忧郁的景象,到了黄昏伦敦又能是什么样呢?

三、艾略特的诗歌画面潮湿但不凄凉,同样,他的心境抑郁但不绝望,这也许和他自称"政治上的保皇党,宗教上的英国教徒,文学上的古典主义"有关。

[T·S·艾略特]

(Thomas Stearns Eliot,1888—1965),出生于美国密苏里州。1914 年移居伦敦,开始写诗,后皈依英国国教,并加入英国籍,1948 年获诺贝尔文学奖。艾略特的长诗《荒原》反映了一次大战以后西方普遍存在的精神凄凉、社会混乱和文坛衰败等现象,被认为是西方现代派诗歌的里程碑,同时也是一位重要的批评家。这里选注的《窗前的清晨》是他早期的一首小诗,不过仍可以看出他的写作风格和功力。

(查良铮 译,蔡天新 注)

# 但 丁

阿赫玛托娃 [俄]


甚至死后他也没有回到

他古老的佛罗伦萨。[1]

为了这个离去、并不曾回头的人,

为了他我唱起这支歌。

火把,黑夜,最后的拥抱,

门槛之外,命运痛哭。

从地狱里他送给她以诅咒

而在天国里他也不能忘掉她。[2]

但是赤足,身着赎罪衫,

手持一支燃着的烛火[3] 他不曾行走、

穿过他的佛罗伦萨——那为他深爱的,

---

1. 但丁生前一直未能回到家乡佛罗伦萨,但阿赫玛托娃没有这样写,而是以"甚至死后他也没有回到……"开始了她的哀歌。只有这样,才写出一种情感的强度,一种绵绵无绝期的牵念和永久的缺席。

2. 这里的"她"已不是贝雅特里齐了,而是但丁至死也不能忘怀的故国家园佛罗伦萨。

3. 据传当时的当权者同意但丁结束流放、回到故乡,但必须当众举行这种悔过的仪式,被但丁拒绝了。

不忠、卑下的,[4]那为他所渴望的……[5]

| 旁白:

一、显然,阿赫玛托娃不仅以此诗来写对但丁的怀念,还在于以此诗来写她自己的"俄罗斯情结"。她的全部生活,她自己与时代、国家、故土的那种痛苦而复杂的感情纠葛,把她推向了这一悲剧性主题。

二、这首诗给人一步一回头之感,节奏揪心而又苦涩,语言之间的矛盾张力及表现强度,令人一篇读罢头飞雪。

三、只要是爱,尤其是那种悲剧性的爱,就会是对灵魂的提升。它会把诅咒变为怜悯,会使痛苦得以生辉,会使一个诗人学会从命运的高度来看待并承受个人的不幸。

### [安娜·阿赫玛托娃]

(Anna Akhmatova, 1889—1966),出生于奥德萨,早年

---

4. 请注意这样的对"她"(即佛罗伦萨)的形容,这样用词才使诗人倍感痛心,但又怜爱有加,以至终生不能释怀。

5. 诗的最后看似未完成,但又只能如此,因为诗的强度和深度已到了语言所能承受的极限。

就读于基辅女子大学,1910年与诗人古米廖夫结婚,并加入"阿克梅"诗派。初期诗多为"室内抒情诗",以简约、克制的形式袒露复杂的内心矛盾,因为这种风格,被称为"诗歌中的简·奥斯汀"。十月革命后被迫陷入沉默,潜心研究普希金,直到30年代中后期又开始创作,诗风愈加简练、凝重,开始承担起历史赋予她的重量。布罗茨基称她为"哀哭的缪斯"。

(王家新 译注)

# 自我心理志 [1]

佩索阿 [葡]

诗人是个造假者。
他造假造得如此彻底
以至于能够伪造出痛
他确确实实感受到的痛。

那些阅读他诗句的人
充分地享受着字里行间的痛,
那痛并不是他所拥有的双重的痛,[2]
而仅仅是,他们所没有的痛。

如是,在它的环行轨道上,
那辆被称为心脏的玩具列车
拧紧了发条,不停地

---

1. 这首诗的葡萄牙语原文标题是 *Autopsicografia*,这是一个佩索阿自创的词,压缩了自传、心理记录、灵媒书写等词语的痕迹,具有极其丰富的意义指向,很难找到确切的中文来翻译,译为"自我心理志"只是权宜之计。

2. "他所拥有的双重的痛"指的是诗人"确确实实感受到的痛"和他在诗中伪造出来的痛。

转圈，取悦着理智[3]。

旁白：

一、这首诗可以看作是佩索阿自己对他庞杂而诡异的异名写作系统之肇始动机的一个简要诠释：他很冷静地设置了"心脏"和"理智"的区分，诗人变着花样"造假"（发明出各种煞有介事的异名），是为了让"心脏"拧紧发条不停运作，以"取悦"比"心脏"更高一级的"理智"，不能有片刻安宁。

二、诗中所涉及的真实与书写、作者与读者、写作与灵魂等诸多层次的关系颇为意味深长，从这种意义上来说，它也超出了佩索阿本人的自况，成为了一首关于诗歌本身的"元诗"。

三、爱尔兰诗人保罗·穆顿（Paul Muldoon）曾在牛津大学诗歌讲堂上对这首诗做过一次极为精湛的细读分析，有兴趣的读者可以在保罗·穆顿 *The End of Poem*（2006年FSG版）一书中找到，也可在网上搜索本人的中译文"在镜厅中：费尔南多·佩索阿的《自我心理志》"。

---

3. 此处的"取悦"一词葡萄牙语原文为entreter，既有供消遣之意，又有消磨、耽搁的意思，这里姑且译为取悦。

## [费尔南多·佩索阿]

(Fernando Pessoa,1888—1935),出生于里斯本,曾在南非生活,成年后返回。从事外贸文书工作,下班后与酒精为伴,孤身沉浸在高强度的写作中,直至因肝病辞世。佩索阿最引人注目的是"异名写作",他发明出至少72个有着不同背景、世界观、文体特长和风格特征的异名作者,并让他们在出版物上展开了错综复杂的互动,主要作者有卡埃罗、德·冈波斯、雷耶斯和书写《不安之书》(又译《惶然录》)的索亚雷斯。佩索阿去世后,声望日隆,目前已被视为最能代表20世纪西方诗歌核心特征的大诗人之一。

(胡续冬 译注)

# 秘　密

勒韦尔迪 [法]


空洞的钟
　　死鸟
屋内万物沉睡
　　九点钟 [1]


大地凝望不动
　　好像有人叹息
树木仿佛在微笑
　　水在每片叶子的顶端颤栗
一朵云穿越夜晚 [2]


门前一个男人唱着歌 [3]
　　窗无声打开 [4]

---

1. "九点钟"这个精确的停顿，暗示一切"秘密"都有其时间刻度。钟、鸟、万物……在这个时间刻度上呈现它们各自的状态。

2. 从大地写到云，从树木写到水，第二节中的每一句诗都白描一个事物的一种动态，仿佛在暗示我们，世界就是这般多样而自在。

3. 摄影机的镜头此刻聚焦于"一个男人"，定格于他在众多事物中的位置和状态。

4. 此时"无声"胜有声：窗打开了，仿佛在神力的作用下，自己为自己打开了。

| 旁白：

一、这首诗写"秘密",而秘密是最难写的。众所周知,人们不知道秘密藏在何处。

二、一系列物象的背后,藏着一双眼睛,相当冷静,相当克制,不带丝毫主观判断,仅仅把观看到的"真实"白描出来。

三、这首诗的氛围其实是紧张的,好像有什么东西隐藏在什么地方,当然,这只是读者的感觉。诗就是要尽可能激发出读者的感觉。

四、秘密在每一个事物身上,几乎不为人知,但诉诸人的感觉、直觉。

[皮埃尔·勒韦尔迪]

(Pierre Reverdy, 1889—1960),出生于海滨小城纳尔博。1910年来到巴黎,为了"写出世界上最美的诗章"。他是最早用电影蒙太奇手法写作的诗人,采用梦幻的虚构和胡言乱语的方法,被后来的超现实主义诗人尊为先驱。他的诗句看似零散、单调,却透出一种罕见的简洁,内心的不安则构成他的诗歌的神秘氛围。他用一辈子的心血探求生命的真实,写出的诗句常常具有滴血无声的惊心力量。

(树才 译注)

# 二　月

帕斯捷尔纳克［俄］


二月。蘸好墨水就得哭！[1]

当噗噜噗噜响的泥水 [2]

泛着黑色春光的时候，

写二月就免不了流泪。


花几角钱雇一辆马车，

听着祷前钟声和车轮叫声，

到田野上去，田野上的暴雨

比墨水和泪水更猛。[3]


无数的秃嘴乌鸦

像晒焦的梨似的从树上落下，

落在一个个水洼儿里，

---

1. "二月"后面使用的句号，隔断，突出，肃穆。"哭"是一种伟大的人性动作。

2. 噗噜噗噜，象声词，生动、准确、独特的美感。北方初春的景象（包括后面关于化冻的句子），在中文里能写这么好的比较罕见。

3. 雨比墨水和泪水猛，这样的比较，加强的不是雨的力度，而是墨水和泪水，这是表现悲伤的最好的技巧之一。

织成一幅凄凉、忧伤的图画。

化冻的地方又黑又阴暗，
风的吼叫声又大又凄惨，
诗越是写得出人意外，
越能如实地表现悲怆的境界。 [4]

旁白：

一、我之所以爱老帕，很大程度上是缘于这首诗。他书写了悲伤，但更写出了北方的真实景象，而在中文里这是多么需要的东西。这首诗见证了中文诗的某种差距，关于描写事物的基本能力。

二、俄罗斯诗歌的技巧是丰富的，这点和英语诗歌并无不同，但是表现却似乎若有若无，容易生成缺少的错觉。再者，俄诗好译似乎罕见……而这个若有若无，是进入的关键。还有俄诗非常精细，而汉译却没有相应体现。

三、这首诗的语调舒缓，仿佛把悲伤拉长了。那种浑厚没出来，似乎潜在了水下。

---

4.荡出一笔，书写诗歌的见解，喻示以上景象正是诗歌本身。这种写法很有中国古典诗歌的趣味。

[ 鲍利斯·帕斯捷尔纳克 ]

(Boris Pasternak, 1890—1960), 出生于莫斯科, 父亲是画家, 母亲是钢琴家。帕斯捷尔纳克起初想做一名作曲家, 1912 年, 他在德国马堡大学学习了几个月的哲学以后, 决定致力于诗歌写作。曾参加俄国现代派诗歌活动, "白银时代" 四巨匠之一。晚年因长篇小说《日瓦戈医生》而获得诺贝尔文学奖, 但其主要成就是诗歌。《二月》是其名作。

(力冈、吴笛 译, 桑克 注)

# 放了我吧

曼杰施塔姆[俄]

放了我吧,献出我吧,沃罗涅什——[1]
你要绊倒我还是马虎地放过去,
你要丢掉我还是要找回我——
沃罗涅什,妄想和胡闹,沃罗涅什,乌鸦和刀。[2]

> 旁白:
>
> 一、对沃罗涅什这个凶手说话,像是求情,实则控诉,句间还隐含着决绝。
>
> 二、译者的汉语与诗歌功底让人敬佩,结尾一句精彩,"胡闹"与"刀"的押韵;"妄想"一组词汇是偶数词相加,而"乌鸦"一组则是偶数词与奇数词相加,收到了理想的表达效果。

---

1. 地名。这是曼杰施塔姆流放中条件比较好的流放地,离彼得堡(列宁格勒)较近。1935年4月,诗人在沃罗涅什写下这首诗。

2. 沃罗涅什的嘴脸,就是它后面紧跟着的这四个名词。

三、诗只有四句,俭省,而容量极大,它是生活的沉痛,也是生命的沉痛。原诗落款中注明的时间、地点说明了一切。

### [奥西普·曼杰施塔姆]

(Osip Mandelstam,1891—1938),出生于华沙,少年时代曾在西欧游学三年,后毕业于圣彼得堡大学。1910年发表作品,1913年出版《石头》,和古米廖夫、阿赫玛托娃创立了阿克梅诗派。他写诗最基本的动力是同混乱现象作斗争。1934年因写诗讽刺斯大林,遭到流放。《放了我吧》是他流放途中的作品,表现了一个诗人的痛苦。

(荀红军 译,桑克 注)

# 蝴 蝶

萨克斯［德］


多么可爱的来世

绘在你的遗骸之上。[1]

你被引领穿过大地

燃烧的核心，[2]

穿过它石质的外壳，

倏忽即逝的告别之网。[3]


蝴蝶

万物的幸福夜！[4]

生与死的重量

跟着你的羽翼下沉于

---

1. 来世图景在"蝴蝶"身上展现，这倒是与中国传统的民间文化中有关蝴蝶象征人的灵魂之说相近。"遗骸"，与死亡相关的形象，而"蝴蝶"代表已经死去的人。诗人用"可爱"修饰"来世"，反衬现实的残酷和不幸。

2. 意指穿过"地狱"。

3. 比喻生命之短暂。

4. 死去的灵魂。在"倏忽即逝"中出离了痛苦，所以，诗人称之为"万物的幸福夜"，此句微含反讽。

随光之逐渐回归圆熟而枯萎的

玫瑰之上。[5]


多么可爱的来世

绘在你的遗骸之上。

多么尊贵的标志

在大气的秘密中。[6]


| 旁白:

一、"蝴蝶"是萨克斯诗中经常使用的核心意象。有人认为,该诗当中,蝴蝶是指集中营焚尸炉中的死者。

二、这首诗以赞叹"蝴蝶"作为人的灵魂的超越与轻盈的语气贯穿全诗,但是,诗人却处处以反衬的笔调传达出死亡的不幸和悲惨,见证了纳粹时期的恐怖。

三、萨克斯自己曾说过:"我的暗喻即是我的伤痕,只有透过这种方式,我的作品才能被了解。"这首诗

---

5. 蝴蝶的羽翼本来代表着飞舞的轻盈,但是,因为诗人将蝴蝶比作人的灵魂,它便承担了生死的重量。虽然光逐渐归于圆熟,但玫瑰却枯萎了,比喻现实世界中爱的凋零。

6. "尊贵的标志",赞叹灵魂如蝴蝶作为人的灵魂的尊贵特征,但"大气的秘密"这个转折则暗示了死亡的残忍和不幸,以及死亡原因和死亡方式的神秘——原来这里写到的是纳粹集中营的焚尸炉场景。

中的"蝴蝶"意象，实际上饱含着诗人对纳粹所酿成的人间悲剧的控诉之情。

## [内莉·萨克斯]

（Nelly Sachs，1891—1970），出生于柏林并在那里长大，父亲是一个制造商和发明家。十七岁开始写作，大多是带有浪漫主义色彩的诗歌和神话色彩的木偶剧。纳粹的迫害和家庭的不幸改变了萨克斯的命运，她在瑞典女作家拉格洛夫的帮助下逃亡斯德哥尔摩。她的抒情诗既简朴精练，又充满温柔、冷酷或神秘的意境，被视为犹太同胞的代言人，沉痛地阐述了他们的悲哀和渴望，于1966年获得诺贝尔文学奖。

（陈黎、张芬龄 译，周瓒 注）

# 帽子、大衣、手套

巴列霍 [秘]


面对法兰西剧院,摄政咖啡馆,
里面有一张桌子,一把安乐椅
安置在一个隐蔽的房间。
当我进去,[1] 扬起静止的尘烟。

在我橡胶似的嘴唇之间,[2]
一支点燃的烟,迷漫中可见
两股浓烟,咖啡馆的胸膛
和胸中忧伤的锈迹斑斑。[3]

重要的是秋季移植在秋季中间
重要的是秋季用嫩芽来装点,
皱纹用颧骨,云彩用流年。

---

1. "进去"是指走进"隐蔽的房间",也就是摄政咖啡馆的内室。

2. 把嘴唇比作橡胶,以暗示与这尘封的咖啡馆相应的人的缄默。

3. 这间咖啡馆里的"隐蔽的房间"因"我"沉默地吸烟而变得烟雾缭绕,作者竟把这烟雾缭绕的内室比作咖啡馆的被烟雾熏炙的胸膛,把咖啡馆年久失修的锈迹比作"我"胸中的忧伤,两相辉映,颇有中国古诗中"互文"的奇妙。

重要的是狂嗅,为了寻求

冰雪多么炽热,乌龟多么神速,

"怎么"多么简单,"何时"多么急促![4]

| 旁白:

一、巴列霍的诗歌以修辞的高密度和意义的超负荷而著称,这首诗正体现了这一特点,在短短的十四行里,有着丰富的孤独、苦闷、绝望甚至癫狂。

二、这首诗把孤独、凋敝的场所(萧条的咖啡馆)与孤独、伤感的人融合在一起,把人格空间化,把空间人格化,强化了一个"生活在内心"的人的复杂感受,更为诗歌造就耐人寻味的意义褶皱。

三、虽然这首诗因为后两节的"谵妄"而多少显得难于理解,但它还是呈现出了严密而清晰的结构:清晰的场景描述——人的状况与空间的状况在隐喻意义上的交错——交错后由巨大的孤独感迸发的悖谬式抒情,好似一个完整的三级跳过程。

四、这首诗的题目姑且可以这样理解:走进咖啡馆,

---

4. 这最后两节可以看作是内心沉郁状态下的谵妄,其中不乏深陷思想困境之中所迸溅出的悖谬之语,也就是通常所说的"正话反说"。

需要脱下帽子、大衣和手套。帽子、大衣、手套所包裹着的灵魂和放置帽子、大衣、手套的寂寞的房间就其孤独感、凄凉感而言是一致的。我们痛苦的灵魂不能随意裸露,它需要帽子、大衣和手套的保护,而在伤感的咖啡馆,我们不经意地裸露出情感中深沉、痛楚的一面。

(赵振江 译,胡续冬 注)

# 愤怒把一个男人捣碎成很多男孩

巴列霍［秘］

愤怒把一个男人捣碎成很多男孩，
把一个男孩捣碎成同样多的鸟儿，
把鸟儿捣碎成一个个小蛋；
穷人的愤怒
拥有一瓶油去对抗两瓶醋。

愤怒把一棵树捣碎成一片片叶子，
把叶子捣碎成大小不同的芽，
把芽捣碎成一条条清晰的沟；
穷人的愤怒
拥有两条河去对抗很多大海。

愤怒把好人捣碎成各种怀疑，
把怀疑捣碎成三个相同的弧，
再把弧捣碎成难以想象的坟墓；
穷人的愤怒

拥有一块铁去对抗两把匕首。

　　愤怒把灵魂捣碎成很多肉体,
把肉体捣碎成不同的器官,
再把器官捣碎成八度音的思想;
穷人的愤怒
拥有一把烈火去对抗两个火山口。


## 注释和旁白:

当我准备为这首我所喜爱和熟悉的诗作注释时,我呆住了:这怎么注呀?似乎每一行都应该注,但我一行都不会注,可我每次读又是明明白白的,从来就没有障碍。想了半天,我才想到一个平时未曾注意的事实,这就是诗中的铺排。一首诗通常是传达某种感情,或呈现某种处境。为使读者能进入那种感情或处境,诗人会在读者完全进入前做充分的铺排。在一首白描式的叙述诗中,例如卡瓦菲斯的诗,诗人经常铺排得不动声色,都是我们一看就懂的白描,我们不知不觉就被带进去了。但在一首抒情诗中,尤其是在巴列霍带有超现实色彩的诗中,诗人经常铺排得语不惊人死不休。对一个像我这种读惯了这类诗的读者来说,可谓美不胜收，一再赞叹，可如果你问我为什么，我却会哑口无言。但对于一位初接触这类诗的读者来说，那些惊人的铺排可能会构成障碍，也许他会问为什么男人可以被捣碎成很多男孩？为什么怀疑会被捣碎成一个弧？什么是八度音的思想？这八度音的思想又怎能被捣碎？我的看法是，把它们当成铺排，把障碍当成一种自然，以不求甚解的方式被诗人带着走，然后进入他的感情和处境中去。打个比方，白描的铺排就像一条没有障碍的大路，我们不知不觉地走，而巴列霍这首诗之铺排，则像一条崎岖的山路，初走者会格外留意和小心，而走惯的人则如履平地，甚至对一路的险峻风光熟视无睹。卡瓦菲斯式的铺排往往没有音乐，而只是说话的语调（可这也是非常困难的，往往比有音乐更困难），而巴列霍式的铺排则往往充满节奏感，这是他的补救法，如果没有这一行行、一节节相互环扣和呼应的节奏，他的诗将不忍卒读。他要带我们进入的感情和处境，则是每一节的"穷人的愤怒/拥有……"最后，卡瓦菲斯式的诗和巴列霍式的诗达至的效果是一样的：他们传达的，我们都领受了。我们都感到穷人的愤怒(那些"捣碎")，以及愤怒之余的绝望(那些"拥有")：他拥有的东西不但比他对抗的东西小，而且比他对抗的东西少（例如两条河对抗很多大海）。由每节结尾两行可看出，巴列霍是颇严谨且有逻辑的。再看，第一、二节开头一行也是相对具体和有逻辑的(男人—男孩、树—叶子)，就像在飞机跑道上一样，然后第二、三行就起飞了；第一、二节开头一行是具体且由大到小的，如果第三、四节开头一行也照这样下去，就会过于程式化，于是作者又把第一、二节开头一行当成跑道(具体)，让第三、四节开头一行起飞(抽象)。但第三、四节开头一行同样有其相对的逻辑，好人是较看得开的，却变成怀疑，形成对比；灵魂与肉体的对比就更不言而喻了。

## [塞萨尔·巴列霍]

(Cesar Vallejo，1892—1938)，出生于安第斯山区，父母皆有印第安人血统。一生贫困，且思想激进，曾当过教师和新闻记者，20世纪20年代前往法国，并两次访问苏联。1930年被法国驱逐出境，前往马德里避难，两年后返回法国，直到去世。巴列霍是拉美现代主义诗歌的先驱之一，虽然他的作品有一部分已在他有生之年出版，但是他的声誉要等到死后很久才获得承认，并产生深远的影响。他的诗既狂野、原始，又温柔、美丽；既真挚、可触摸，又有浓烈的超现实主义色彩。

(黄灿然 译注)

# 扮鬼脸艺人

索德格朗［芬兰］

我除了鲜艳的披肩没有别的，
我那红色的无畏。
我那红色的无畏出去冒险[1]
在一些小小的国家。

我除了腋下的竖琴没有别的，
我艰难地弹奏；
我艰难的竖琴为人和牲口作响[2]
在空旷的路上。

我除了高戴的花冠没有别的，
我那上升的骄傲。
我那上升的骄傲把竖琴挟在腋下[3]
鞠躬告别。

---

1. 红色的无畏，重复使用，是顶真的修辞方法，它使句子充满力量。

2. 人和牲口平等，都能听竖琴。牲口，也暗指人中的野兽。

3. 上升和腋下形成对比，腋下竖琴是上升骄傲的表现，后者是前者的动力。

旁白:

一、关于严肃小丑的又一版本。书写扮鬼脸艺人内心的骄傲,也是一个诗人内心的骄傲。

二、除了……没有别的,这个句式表现了艺人的坚决。顶真的使用也加强了坚决的力度。

三、这是一篇骄傲的演说。艰难不算什么,自尊、骄傲在心中。

[艾迪特·索德格朗]

(Edith Södergran,1892—1923),出生于波罗的海小村拉伊沃那,距离圣彼得堡近五十公里,村里居住着芬兰人、瑞典人和俄罗斯人。十四岁以德语写诗,十六岁患肺结核,同年改用瑞典语写诗,二十四岁出版第一部诗集《诗》,遭到冷遇。她经历了第一次世界大战,始终与贫病为伍,诗歌也不为当世认可,精神孤独而绝望。但面对死亡和生活,她的诗却始终充满爱与自由。《扮鬼脸艺人》是她的名作。

(北岛 译,桑克 注)

# 夜

马雅可夫斯基 [俄]

深红的和苍白的被揉皱和抛弃,
向葱茏绿色撒出一串串金币,
分发燃烧着的黄色扑克牌,
交到窗户伸出来的黑手掌里。[1]

瞧见楼房身披一件蓝色的外套,
林荫道和广场并不感到奇怪。
灯光如同一道道黄色的伤痕,
给晨跑者的脚踝戴上订婚的镯子。

人群——这只动作敏捷的花猫——
受着门的诱惑,躬起身子在游动;
每个人都想从笑声铸成的巨块中
抽取点什么,哪怕一丁点也成。[2]

---

1. 平静的夜充满了躁动,这里有着都市的堕落和颓废。

2. 想象力继续在尽情发挥,这两段都以看似戏谑的文字抒发着诗人的愤怒和悲哀。

我感到裙子的利爪[3]在招引,
向它们的眼睛挤出一个笑容;
黑奴们额头涂抹鹦鹉的翅膀,
敲着铁皮唬人,大笑着起哄。

| 旁白:

一、按照马里内蒂的手法,未来主义就是"仇恨过去",是文艺界的"极左派",有强烈的叛逆精神,推崇创新,对色彩斑斓的外部世界有浓厚的兴趣,渴望在剧烈的运动中找到通向未来的道路。夸张、放纵、粗鲁在直觉和原创性的口号下获得了一定程度的合法性。

二、习惯了《列宁》、《好》、《开会迷》的读者,再读一下这首《夜》,大概也就明白马雅可夫斯基为什么能在俄国现代主义诗歌史上占有显著的位置。

### [弗拉基米尔·马雅可夫斯基]

(Vladimir Mayakovsky, 1893—1930),出生于格鲁吉亚一个林务官家庭。父亲死后,全家迁往莫斯科。十五岁即参加布尔什维克党,曾三次入狱,后脱党专事绘画和写作。

---

3. "裙子的利爪"组合得突兀而贴切。

1912年,参与组织未来派,宣称"要把普希金、陀思妥耶夫斯基、托尔斯泰从现代轮船上抛下去"。十月革命后,摇摆在艺术和政治之间,终因无法协调而自杀。其诗歌语言幽默、意象怪诞、音韵铿锵,带有鲜明的未来派特征。

(汪剑钊 译注)

# 1930 年[1]

伊万诺夫[俄]

1930年,我们根本不知道
我们将遭遇什么,等待着我们的是什么,
酒杯里盛满了香槟酒,高高地举起,
我们快乐地迎接——新的一年。

如今我们已经年迈!多少年过去,
多少年过去——我们毫无觉察……
可是,哦,我相信,没有人会忘记
那种死亡与自由的空气,
还有玫瑰、葡萄酒,那个冬天的寒冷。

或许,透过铅一般沉重的黑暗,
死者的眼睛也是这样
盯视着永远失落的世界。[2]

---

1. 1930年,对俄罗斯的侨民来说,是前程未卜的年代。乡愁是那么沉重,但祖国是那么遥远。

2. 为了自由,付出的是死亡的代价。很多年过去,衰老的人们却有着不曾衰老的记忆。

| 旁白：

一、在 20 世纪，流亡曾经是很多俄罗斯诗人的宿命，他们在背负良知的重量以外，还承担着艺术的使命。

二、面对失落的世界，生者和死者同样无奈。

## [格奥尔基·伊万诺夫]

(Georgy Ivanov，1894—1958)，俄国诗人，起先受未来派影响，后成为阿克梅派的重要代表。1922 年，诗人离开祖国，先后旅居罗马和巴黎。侨居给诗人的生活带来了不便，但为他的精神开启了一扇大门，他力图击碎艺术的谎言，代之以生活的真理，哪怕是荒诞性的真理。伊万诺夫有着较强的怀疑意识，以精美的艺术形式昭示了生存的悲剧性，被评论家认为是"一位比法国人超前多年的俄罗斯存在主义诗人"。

（汪剑钊 译注）

# 回忆玛丽·安

布莱希特[德]

那是蓝色九月的一天,
我在一株李树的细长阴影下
静静搂着她,我的情人是这样
苍白和沉默,仿佛一个不逝的梦。
在我们头上,在夏天明亮的空中,
有一朵云,我的双眼久久凝望它,
它很白,很高,离我们很远,
然后我抬起头,发现它不见了。[1]

自那天以后,很多月亮
悄悄移过天空,落下去。
那些李树大概被砍去当柴烧了,
而如果你问,那场恋爱怎么了?
我必须承认:我真的记不起来,
然而我知道你试图说什么。

---

1.应是"当我重新抬头",换言之,作者省略了"我低下头"。这一省略,非常传神,恰好给人"一恍"的感觉。

她的脸是什么样子我已不清楚,
我只知道:那天我吻了她。

至于那个吻,我早已忘记,
但是那朵在空中飘浮的云
我却依然记得,永不会忘记,
它很白,在很高的空中移动。
那些李树可能还在开花,
那个女人可能生了第七个孩子,
然而那朵云只出现了几分钟,
当我抬头,它已不知去向。[2]

> 旁白:
> 此诗一箭双雕。诗人一再强调,他已忘记那个女人,忘记那场恋爱,忘记那个吻,唯忘不了那朵在空中飘浮了几分钟就不见了的白云,从而突出了"(浮云所代表的)瞬间即是永恒"这个主题。然而在回忆那朵浮云时,作者又颇为细腻地回忆他"忘记"的人和事,以及当时的环境,甚至想象分别后的情景,足见那段

---

2. "当我抬头"也应是"当我重新抬头",效果与上页注解 1 相同。

恋情还是萦绕心头的,就连"那个女人"也有名有姓——就在标题中。

## [贝托尔特·布莱希特]

(Bertolt Brecht,1898—1956),出生于奥格斯堡。纳粹上台时,他离开德国,后移居美国,直到战后才返回欧洲,并创办柏林剧团,余生主要导演自己的戏剧。布莱希特是一位诗歌成就不下于里尔克的20世纪德国大诗人,但他生前主要以戏剧著名,死后诗歌地位才愈益凸显,与英国小说家兼诗人哈代有颇多相似之处。不同的是,哈代是结束了小说写作后才写诗,而布莱希特则是在从事戏剧活动之余坚持写诗。

(黄灿然 译注)

# 骑士之歌

洛尔卡 [西]

科尔多巴 [1]

孤悬在天涯

漆黑的小马

橄榄满袋在鞍边悬挂

这条路我虽然早认识

今生已到不了科尔多巴


穿过原野,穿过烈风

赤红的月亮,漆黑的马 [2]

死亡正在俯视我, [3]

在戍楼上,在科尔多巴

---

1. 科尔多巴,又译科尔多瓦,西班牙著名的古城之一,渗透到欧洲的摩尔人(即阿拉伯人)的一支(我国史书称其为"白衣大食")曾长期定都于此,是中世纪欧洲的政治与文化中心之一,后多次被战乱侵袭。

2. 此句色彩效果相当强烈,红月与黑马形成突兀的剪影效果,寥寥数笔,足见一段赴死之旅的凄凉声色。

3. 此处"死亡"被人格化,死亡在"俯视",既说明了诗中骑士心中不祥的预感,又使整个语境都置于高高在上的死亡的阴影下,和"马作的卢飞快"一般英勇奔赴前线的血性形成强大的张力。

唉，何其漫长的路途

唉，何其英勇的小马

唉，死亡已经在等待着我

等我赶路去科尔多巴

科尔多巴

孤悬在天涯

| 旁白：

一、洛尔卡的诗歌把安达卢西亚地区的民谣和超现实主义融会在一起，风格明快、节奏强烈，意象简洁鲜明而富有动感，这首诗是一个很好的例证。原诗的音韵感和节奏感颇似马蹄声声，清脆动人。

二、借用中国古诗的题材分类，这首诗是一首"拟古"的"戍边诗"，假想一个古代的骑士远赴科尔多巴去征战的景象。但洛尔卡为这一民谣中常见的题材注入了新意，抓住了宿命感和英雄气概之间的一种无可奈何的情绪，并把这一情绪散发到催迫人心的诗歌节奏中，最终把死悬置起来（"孤悬在天涯"），让人们专注于凄美的"此刻"。

三、这里选用的译本可谓是"名诗名译",著名诗人戴望舒翻译的为数不多的洛尔卡诗歌可以算作汉译世界诗歌中的珍品,影响了很多诗人的成长。

## [费德里科·加西亚·洛尔卡]

(Federico Garcia Lorca,1898—1936),出生于格林纳达。从小就在音乐、绘画等方面均显示出极高的天赋。1919年,他从家乡来到马德里,结识了大批新锐艺术家,卷入到超现实主义的浪潮之中,他的诗歌被认为是西班牙传统文化与现代意识遭遇后产生的瑰宝。1932年开始,他率领"茅屋"剧社在全国各地巡回演出唤醒愚昧民众的街头剧,成为法西斯分子的眼中钉。1936年,他被长枪党徒杀害。

(戴望舒 译,胡续冬 注)

# 庭　院

博尔赫斯 [阿根廷]

夜幕降临

庭院的两三种色彩显得疲惫。[1]

今夜，月亮又明又圆，

不再主宰她的空间。[2]

庭院被天空浸润。

庭院是一道斜坡，

是天空流入屋舍的通道。[3]

悄无声息，

永恒正守候在星辰的叉口。

活在这黑暗的友谊中多好啊！

在门房，葡萄藤和蓄水池中间。[4]

---

1. "两三种色彩"？让人想入非非。

2. 至少诗人的想象力和美好的心情没有被今夜的月光主宰。

3. 然而，庭院却被月光占有了，"是天空流入屋舍的通道"，这一句恍如情侣之间的密语，令人陶醉。

4. 这或许就是前面提到的"两三种色彩"，或许不是。

旁白：

一、这首诗气度不凡，所表达的宁静之美也是常人难以预先领略到的，因此诗人才把他的发现记录下来，这大概就是诗歌的意义。

二、门房和蓄水池原本不具有美的形式，但在这首诗里却不然，这充分说明了诗人独具匠心的发现才能。

三、从平凡事物中挖掘或体会出诗意，是对我们诚实的一种考验。相比之下，"技巧是一件与人的体格有关的事情"。

(蔡天新 译注)

# 南　方

博尔赫斯［阿根廷］

从你的一个庭院，观看

古老的星星；

从阴影里的长凳，

观看

这些布散的小小亮点；

我的无知还没有学会叫出它们的名字，

也不会排成星座；

只感到水的回旋

在幽秘的水池；[1]

只感到茉莉和忍冬[2]的香味，

沉睡的鸟儿的宁静，

门厅的弯拱，湿气[3]

——这些事物，也许，就是诗。

---

1. 水池在这里是天空的隐喻，"水的回旋"比喻的是星星在天空中安静的运行。

2. 忍冬就是在中国很常见的金银花，花开时有沁人心脾的清香。

3. 花香、鸟儿的沉睡、弯拱、湿气都是作者在观看星空时松弛而开阔的心境所自由感受到、想象到的。

旁白：

一、博尔赫斯通常被当作 20 世纪最为独特的一个虚构小说家来接受，但事实上，在他自己看来，他首先是一个诗人。他的诗歌和他的小说一样独树一帜，善于以一种缓慢释放的、隐忍和克制的激情创造一个冥想之境。

二、这首诗用一种浅近但不浅显的方式解释了什么是诗歌、它是怎样产生的。在作者看来，诗歌产生于对未知事物的凝神关注。这种关注并不为寻求答案，而是为了使关注行为本身成为磁铁一样的磁力源泉，为开放的意识状态下造就一个想象力的磁场。诗歌就是这个磁场的全貌。

三、作者在罗列"感到"的事物时的语气，它带来一种既为神秘之物所吸引又从容不迫的感觉。"罗列法"是博尔赫斯常用的手法，通过对几个分属不同领域的词语（"花香"属于嗅觉、"沉睡的鸟儿的宁静"属于听觉，"门厅的弯拱"属于视觉，"湿气"则属于对抽象事物的认知）的罗列，可以产生一种似是而非的秩序感和包罗万象的假象。

（王三槐 译，胡续冬 注）

# G·L·毕尔格

博尔赫斯[阿根廷]

我永远不能完全明白

为什么发生在毕尔格身上的事情[1]

总是把我搅扰

(百科全书中写着他的生卒年月)

那里,平原上有众多的城市,

傍河而立的是其中的一座,

没有松树,却生长着棕榈。

如同所有其他的人,

他说谎也听别人说谎,

他背叛别人也被别人背叛,

常常为爱情而痛苦,

当他送走了不眠之夜

他看到冬日黎明灰色的窗棂,

但他配得上莎士比亚伟大的嗓音

---

1.G·L·毕尔格,西川说,这是借用了德国狂飙运动领袖G·A·毕尔格的某些材料,博尔赫斯说,毕尔格就是自己,即G·L·博尔赫斯(Borges),葡萄牙语为Burger,德语为Bürger。

(那嗓音中也有别人的声音)[2]

也算得上布莱斯洛的布莱修斯的回声,

他假装漫不经心地润饰诗行

就像他同时代的人们一样。

他知道现在没什么特别

只是从前飞逝的一个粒子

而组成我们的是忘却是无用的智慧

如同斯宾诺莎的种种推治

或恐怖生成的种种惊异。

在那平静的河畔、在城市里,

大约两千年后一位神祇死去

(我说的是一个古代的故事),

毕尔格孤独一人,现在

就是现在,也修改着几行诗。[3]

| 旁白:

| 一、这是典型的博尔赫斯风格的作品,边虚构人物(对
| 一个真实人物的阅读往往更接近于虚构),边加上个人

---

2. 博尔赫斯边叙述人物传记,边加以评注,这是博尔赫斯的读书方式,也是他的小说和诗歌手法。

3. 在诗的结尾,毕尔格最后和博尔赫斯成为同一个人。

的见解。这种一出一入的技法被很多当代中文诗人所继承。

二、开始的时候,作者和叙述的人物保持着差别和距离,到最后却融为一体。我就是你。

三、丰富的典故构成迷人的知识回声。

(西川 译,桑克 注)

# 雨

博尔赫斯［阿根廷］

突然间黄昏变得明亮
因为此刻正有细雨在落下。
或曾经落下。下雨
无疑是在过去发生的一件事。[1]

谁听见雨落下,谁就回想起
那个时候,幸福的命运向他呈现了
一朵叫作玫瑰的花[2]
和它奇妙的,鲜红的色彩。

这蒙住了窗玻璃的细雨
必将在被遗弃的郊外
在某个不复存在的庭院里洗亮

---

1. 由"此刻"的雨联想到过去的雨。

2. "玫瑰"和"夜莺"早已被浪漫派诗人用得滥俗,但并不排除优秀诗人可以化朽腐为神奇。博氏多次使用过玫瑰,并赋予它某种象征意义。同样,这一形象也为奥地利诗人里尔克所喜爱。

架上的黑葡萄。[3] 潮湿的暮色
带给我一个声音,我渴望的声音,
我的父亲回来了,他没有死去。[4]

旁白:

一、诗人从现实的雨联想到过去的雨,并由此展开想象。

二、在"雨"这一日常生活最为普通的形象中,作者巧妙地融入了东方哲学中的轮回思想(这也是博尔赫斯的一贯思想),雨成为启动全诗想象的一个重要跳板。

三、结尾出人意料,但又在情理之中。既然一切都在轮回往复,为什么死者不能复生,重新回到这个世界?至于这仅是想象、愿望,还是一种瞬间的幻觉,读者尽可以展开自己的想象。

四、从这首诗中,我们不但领略了博尔赫斯的思想,还会了解到他写作的某些特点:幻想,哲理,且二者水乳交融,相互衬映。

---

3. 这段仍是想象,但却是对现实景物的想象。

4. 注意诗人的轮回观及诗中想象的快速跳跃。诗人的父亲早已死去,但诗人从雨的往复(轮回)中联想到死者也会再次回到人世。

## [豪尔赫·路易斯·博尔赫斯]

(Jorge Luis Borges,1899—1986),童年时就在父亲的影响下阅读了大量的世界名著,后来的图书馆工作更使他博览群书。博尔赫斯对不可知论和东方神秘主义有着浓厚的兴趣,他的一些作品正是在古老的东方思想和传说基础上展开丰富的想象。他的家族在阿根廷历史上占有一定的地位,对家族血缘和事迹的追溯也是他诗歌的题材之一。作品的显著特点是幻想性和哲理性,前者更多地来自后者。

(陈东飙 译,张曙光 注)

# 每当我们的桑树……

塞弗尔特[捷]

每当我们的桑树开花 [1]
它们的气味总是飘飞起来
飘进我的窗口……
尤其在夜晚和雨后。

那些树就在拐弯的街角
离这儿只有几分钟的路。
夏天当我跑到
它们悬起的树梢下
吵闹的黑鸟已经摘去了
幽暗的果实。[2]

当我站在那些树下并吮吸

---

1. 短语"我们的桑树",从语法结构上讲,"我们的"点明了一种从属关系,但诗人实际上强调的是一种心理上的认可,即以"心灵之眼"凝视桑树,因而"桑树"带有象征色彩。

2. 桑树开花结果,它的果实又被"吵闹的黑鸟"摘去,从表面看这是描写自然现象,但吸引诗人的,其实是它生命中的某个段落(开花时,夜晚和雨后)和某种特征(其气味),所以,这里,诗人所关注的是自然的生命带给人的特别感受。

它们丰富的气味

四周的生命仿佛突然塌下 [3]

一种奇异而奢侈的感觉

如同被女人的手所触摸。[4]

> 旁白：
>
> 一、这首诗清新、质朴，从自然界非常普通、平淡的事物中，捕捉神奇的感受与想象。
>
> 二、桑树开花，桑树的果实（桑葚），其色泽和香气都会使人们联想到女性和母爱的美好气息。不过，诗人却非常耐心，全诗展开时，处处围绕桑树的生长及其环境，语调平和、亲切，几乎不着痕迹，只在最后两行中，解开那美妙感觉的联结点。
>
> 三、"奇异而奢侈"，"如同被女人的手所触摸"，这一关联还体现了诗人内心充满的赞美与感恩心情，以及对于生命在瞬间所闪现的永恒性的体悟。

---

3. 吮吸桑树丰富的气味，诗人瞬间感受到某种特殊的状态，即桑树带给人的感受凸显、强化，压倒了"四周的生命"，这里仍然是强调桑树独特的气息，并将它和个人的记忆相连。

4. 通感。赋予桑树的气味以女性的温柔与细腻的抚慰力量以及永恒的美。

## [雅罗斯拉夫·塞弗尔特]

(Jaroslav Seifert,1901—1986),出生于布拉格郊区,父亲经营一家小店铺。年轻时羡慕俄国革命,成为社会主义者,读中学时就做了共产党机关报的记者。1923年,他第一次去巴黎,接受新的文艺思想,回国后组建了先锋派的文艺团体,翻译阿波利奈尔的作品。早期作品反映了他的意识形态思想,后期受达达和超现实主义影响。1984年,因展现出"人类不屈不挠的解放形象"而获诺贝尔文学奖。

(贾佩琳、欧阳江河 译,周瓒 注)

# 仙人掌

雷倍里伏罗 [马达加斯加]

一只只熔解的手[1]

将花朵举向高空——

一只只无指的手

在风中屹然不动

他们说,从它们完整的手掌里

流动着一个隐秘的泉源

正是这个秘藏的源头

滋润着成千上万的畜群

和无数的部落,流浪的部落

在遥远的南方边陲。

无指的手来自同一个泉源

塑模的手,为天空戴上花冠。[2]

这里,

---

1. 用手指来比喻仙人掌,原本并不新奇,但加入"熔解"一词,在意味上发生了变化,给人以新的审美期待。

2. 毁灭里隐含着创造,是古往今来多次证明的真理,"天空的花冠"是有代价的。

城市的两侧郁郁葱葱

仿佛透过森林的月光,

它们静静地散发清凉

亚里夫山脉蹲伏如精壮的公牛,

在山羊不走的岩壁之上

它们隐藏着,守护自己的源头,

这些使鲜花盛开的麻风病患者。


一旦测知它们所从来的洞穴

就可以发现它们断指的病根

那病根比黄昏更隐秘

比黎明更朦胧——

你与我都所知甚少。[3]

泥土的血液,石头的汗水,

以及风的精华,

全部在这些手掌中聚拢

熔化了它们的手指

催开了一朵朵金色的鲜花。

---

3. 故弄玄虚,但符合主题的发展和形式的要求。

| 旁白：

| 一、这是一朵来自非洲的"恶之花"，不同于法国版本的是，它的病原体更复杂，力量也更隐秘。
| 二、手指的死亡(熔化)催开了金色的鲜花，美丽得可怖。

### [让·约瑟夫·雷倍里伏罗]

(Jean Joseph Rabearivelo, 1901—1937)，出生于塔那那利佛。主要靠自学掌握法语和西班牙语。早期诗歌用法文写成，主题多为死亡、灾难、人生等，情调感伤、消沉。晚期作品采用马达加斯加方言，注重以明显的造型艺术技巧，把复制现实生活形态的风格与追求诗歌的崇高精神和深刻思想超常地结合起来，构成一种特殊的魅力。1937年，他因为失去了渴望已久的去巴黎的机会自杀身亡。

(舒卓 译，汪剑钊 注)

# 漫游者

塞尔努达[西]


回去？让他回去吧，
这么多年了，他已经疲倦于道路
和漫长的旅途，渴求
家园、房屋和朋友，还有依然
在等待他忠诚地再现的爱情。

但你？回去？你不想回去，
而是要随时继续自由、开放地走下去，
无论青春年少，还是老糊涂，没有儿子
寻找你，像奥德修斯被寻找，
没有等待中的伊萨卡，没有佩内洛普。[1]

朝前，朝前，不要转身，
跟着这条路、这一生走到底。

---

1. 奥德修斯是荷马史诗《奥德赛》的主人公，希腊联军攻陷特洛伊后，他在回故乡伊萨卡途中遭遇各种灾难，漂泊了多年。他长大的儿子到处打探他的生死下落，他的妻子佩内洛普则坚贞不移地等待他。

不要期盼任何更称心的命运：

你的双脚踏上没人走过的大地，

你的双眼环视没人见过的事物。

| 评论：

本诗译自英译本《路易斯·塞尔努达诗选》，英译者是雷希纳尔德·吉本斯。有的人是积极、进取的，有的是消极的、固守的，最重要的是根据自己的本性来决定。这首诗应与卡瓦菲斯的名诗《城市》对照来读（见我译的《卡瓦菲斯诗选》，并可参考蔡天新在本书中对《城市》的评注）。两首诗态度完全相反。相同之处是，两首诗都以"你"作说教对象，诗中的"你"似乎不懂得按照自己的本性来决定去向；两首诗都用了"没有"、"不要"和"无论"。

[路易斯·塞尔努达]

(Luis Cernuda, 1902—1963)，是西班牙"二七年一代"诗群成员之一，但相对于洛尔卡、阿尔贝蒂和阿莱桑德雷等人，塞尔努达在国外可能是最少人知晓的，尽管他在西班牙影响深远，甚至被认为是对后代影响最深远的。

他被认为是他那一代人当中"最欧洲"的诗人,不仅熟悉欧洲诗歌,而且精研英美诗歌,喜爱柯勒律治、多恩、勃朗宁、叶芝和艾略特等,为西班牙语诗歌注入新感性。

(黄灿然 译注)

# 西洛可风 [1]

毕科洛 [意]

而在群山之上,在远离地平线的高空,

一条狭长的藏红色:

荒野的风群奔袭而来,

突入大门、

珐琅屋顶上的瞭望塔,

从南边进攻正面,

摇撼深红色的窗帘、血红色的三角旗、风筝,

打开蓝色旷地、圆顶、梦幻形状,

猛拍凉亭、鲜明的屋瓦,

那儿乳色罐子里盛着泉水;

灼伤萌芽,把新梢变成老枝,

把通道变成喇叭,

直扑花园里蹒跚的初生物,

夺走无助的叶子

和幼小的茉莉——然后,逐渐转弱,

---

1. 西洛可风是非洲北海岸吹经地中海和欧洲南部的干热风。

轻敲手鼓；琴弓，丝带……

但是当这场狂暴的主教祭礼在西边
收起它火焰的翅膀，
最后一个红池塘消失
埋伏的热夜便从四面出击。

| 旁白：

这首诗的出色之处，一是以铿锵的节奏模仿一场狂风，
尤其是狂风结束时，"逐渐转弱，／轻敲手鼓；琴弓，
丝带……"真是无比生动！二是以纯粹客观的笔墨描
绘一幅地中海风景，从远到近，从大到小，从外到内，
或层层推进，或互相交叉，或彼此呼应。三是偶尔使
用一两个隐喻，皆十分生动，例如"把通道变成喇叭"
和"主教祭礼"（比喻狂风），而整首诗更是一个大隐喻。
狂风就像一场战役，战斗平息之后，热夜便像当地土
匪般出来抢劫战场。

[卢乔·毕科洛]

(Lucio Piccolo，1903—1969) 是一位生于西西里、长于西

西里并擅长描写西西里风光的诗人。他的出道有着传奇故事,五十多岁才给蒙塔莱寄诗并贸然造访。毕科洛就这样为人知晓,但诚如蒙塔莱所言,即使没有那次来访,毕科洛迟早也会被承认。他是一位有成就的音乐家,一位能读胡塞尔和维特根斯坦原文的哲学研究者,一位训练有素的希腊语学者,一位对欧洲诗歌了如指掌的读者,同时也是一位遁世者。

(黄灿然 译注)

# 天　籁[1]

福兰［法］

他走在结冰[2]的路上，

衣袋里钥匙叮当作响，

无意中，他的尖头皮鞋

踢到了一只旧罐子

的筒身[3]

有几秒钟，它滚动着它的空与冷，

晃了几晃，停住了，

在满缀星星的天空下。

| 旁白：

| 一、"滚动着它的空与冷"堪称绝唱，极其具体，又
| 极其抽象，它的确是一种"天籁"，写出了人在宇宙

---

1. 该诗由米沃什和R·哈斯合作，由法文译成英文。

2. 请注意这里的"结冰"，不然在后来就很难清脆地"听到"一只旧罐子被踢出路面时滚动的回声。

3. "筒身"在这里单起一行，是为了将注意力集中到它自身。

中的那份难以言传的感受。

二、"晃了几晃,停住了",冷峻中又有几分幽默,用现在的说法是:酷。

# 学校和自然

福兰[法]

在城里的一间教室里

画在黑板上的圆圈

安然无恙,

教师的坐椅被遗弃

学生们走个精光。[1]

有人在水上驾帆,

有人在独自犁地。

小路弯弯曲曲,[2]

一只鸟滴下

黑色的血滴。[3]

---

1. 从一个被遗弃的空教室的视角,显示出整个世界的荒芜和空旷。

2. 这句话虽然很俗,但用在这里却恰到好处,它给人一种行走感——它把我们带向一个秘密,带向诗的纵深。

3. 一切都安然无恙,顺其自然,但是一只鸟滴下的"黑色的血滴",却使整个宇宙发生了变化!这就是诗人的"厉害"之处。

| 旁白:

| 又一首出人意料的诗!这种出其不意,显示的正是诗的造化之功。

## [让·福兰]

(Jean Follain,1903—1971),出生于下诺曼底的芒什省,做过律师等职。福兰的诗极其简练而又空灵,善于在自然中选取象征,使之成为不断更新的诗的仪式中的背景,诗的视角随意而又奇特,往往穿过生活的细节和那些看似简单的事物,道出生命的玄奥和隐情。1970年获法兰西学院诗歌大奖。1972年,在一次车祸中不幸丧生。米沃什编选的世界诗集《明亮的事物之书》中收入了他的五首短诗。

(桴夫 译,王家新 注)

# 死亡的玫瑰[1]
## ——致格奥尔格·伊万诺夫

波普拉夫斯基 [俄]

在黑色的公园我们迎接春天,
便宜的琴弓悄悄地走了调,
死亡降临到气球上,
触碰恋人们的肩膀。

玫瑰的黄昏,风儿吹送玫瑰。
诗人在田野上勾勒素描。
玫瑰的黄昏,玫瑰散发死亡的气息,
绿色的雪在树枝上走动。

幽暗的空气播撒着星星,
在绿色海洋之上的售货亭里,
应和着马达声,夜莺在歌唱。
结核病的瓦斯在燃烧。[2]

---

1. 玫瑰象征着蓬勃的生命力,把它与死亡联系在一起,反映了诗人独特的感受力。

2. 在马达、结核病和瓦斯之间歌唱,这就是现代夜莺的命运。

轮船朝向星空驶去,

精灵们在桥上挥舞头巾,

透过幽暗的空气闪现,

火车头在高架桥上歌唱。


幽暗的城市向着群山逃跑,

黑夜在舞厅旁喧闹,

士兵们即将离开城市,

在车站里喝着高浓度的啤酒。


月球在简易舞台上空飘浮,

很低——很低,触及灵魂,

但从林荫道那边,伴随微弱的管乐声,

旋转木马挥手招呼夫人们。


被无限的玫瑰映衬着的春天,

微笑着朝向苍穹退去,

黑黢黢地张开——蓝色的扇子,

上书清晰的题词:死亡。[3]

---

3. 死亡无处不在,即便是玫瑰花开的春天。

旁白：

一、在俄罗斯诗人中，波普拉夫斯基是不多几个带有超现实主义风格的诗人，就表层而论，他的写作似乎更接近法国诗歌，不过，骨子里的俄罗斯魂还在起作用，因此，哲学家别尔嘉耶夫将诗人的创作称之为"一颗牺牲和拯救的灵魂的呼声"。

二、千百年来，死亡让芸芸众生费尽了百般猜测，却神秘依旧，魅力依旧，尤其是它还有玫瑰的辉映。

## [鲍里斯·波普拉夫斯基]

(Boris Poplavsky，1903—1935)，出生于莫斯科。父亲原籍波兰，母亲是波罗的海沿岸的贵族后裔。1921年随父亲侨居巴黎，后因吸食海洛因过量死亡。早期作品带有比较明显的未来主义色彩，歌颂城市的崛起，对机械文明进行诗意的渲染，宣传自我中心和强力主义。后期的诗歌关注现代社会的发展与个性的危机之间的冲突，表现出明显的超现实主义倾向，主张用非逻辑的手段来反映世界之偶然性和荒诞性。

(汪剑钊 译注)

# 诗 歌

聂鲁达 [智]


就是在那个年月……诗歌跑来找我。

我不知道,

我不知道它来自何方,来自冬天还是来自河流。

我不知道它是怎样、它是何时到来的,

不,它们不是声音,

它们不是词语,也不是寂静,

但是,从一条街道上传来对我的召唤,

从夜晚的枝条上,

极其突然地从他人身上,

在猛烈的火焰或返程的孤独之中,

它触到了我,而我

没有面孔。[1]


我不知道该说些什么,

我的嘴无法命名事物

---

1. 此段的"它"和"它们"都指的是拟人化的"诗歌",作者把诗歌想象成一个甚至一群神秘的人,会在意外的时刻前来寻找诗人。

我的眼睛顿失光明，

而某种东西，热病或是丢失的翅膀，

在我的灵魂里起身，

我找到了自己方式

去破译那火焰[2]

并写下了第一行懒散的诗，

懒散得没有筋骨，只是胡言乱语，

只是一个什么都不知道的人

的智慧，

突然间，我看见脱了壳的、敞开的

天堂，行星，颤动的森林，

镂空的阴影，箭矢组成的谜语，

火焰和花，

席卷一切的夜晚，万物。

而我，无限小的存在，[3]

在布满星辰的巨大空虚中、

在相似物和神秘的影像之中沉醉，

---

2. "火焰"既是对第一节"猛烈的火焰"的回应，也指代前一句所说的"在我的灵魂里起身"的"某种东西"，"火焰"意味着诗歌发生时不可捉摸的辉煌和巨大的能量。

3. "无限小的存在"是指诗人在诗歌中"看见"了浩大的万物之后。反观自己时，发现自己作为人的渺小感。这里面包含了一种对宇宙、对诗艺的谦卑的态度。

我感觉自己纯粹是深渊的一部分。

我随星辰的滚动而前行,[4]

我的心从风中松绑而去。

| 旁白:

一、整首诗一气呵成,从诗歌不期然间来找"我"到"我"在诗歌中看见了万花筒一般的世界,再到"我"在诗歌中获得了尘世中难以觅得的解脱,想象力不断扩张,气势不断高涨,最后又能稳稳地收回到"我"身上。这首诗具有典型的聂鲁达风格——奇幻的想象、澎湃的激情和腾挪跌宕的快感。

二、作者借描述诗歌发生时的天启状态,表露出自己对诗歌本质的认识——它产生于意外,能够洞开一个别样的生存空间并在看似"懒散"、无用的表象下给人以莫大的慰藉。

三、这首诗在根据聂鲁达在意大利政治避难时的一段经历拍摄的电影《邮差》中,曾经作为片尾的字幕出现。该片主要讲述聂鲁达和一个底层邮差通过写作建立的

---

4.此处的"滚动"有车轮滚动之意,暗含有把宇宙比作战车、星辰比作车轮的隐喻,气象甚为宏大。

友谊,全片的一个意义中心点即在于追问"诗歌"到底是什么,它怎样产生、有何用处。在片尾时出现这首诗,对这部影片乃至对现代诗歌在社会中的意义都能够起到很好的诠释作用。《邮差》的电影原声碟中有这首诗的朗诵,朗诵者为著名影星米兰达·里查德森,非常精彩。

## [帕勃罗·聂鲁达]

(Pablo Neruda,1904—1973),智利诗人。自1927年起,作为外交官被派驻到亚、欧、美洲多个国家,和欧陆的现代主义激进文艺实验者交往甚密,并在"红色30年代"开始了政治上的"向左转"。40年代之后以共产党员的身份在智利从政,一度遭到流放。"冷战"时期常以国际文化使者的身份穿梭在中国、苏联等社会主义国家之间。1971年获得诺贝尔文学奖。代表作有《大地上的居所》《诗歌总集》等。

(胡续冬 译注)

# 世事沧桑话鸣鸟

沃伦[美]

那只是一只鸟在晚上鸣叫,认不出是什么鸟,
当我从泉边取水回来,走过满是石头的牧场,
我站得那么静,头上的天空和水桶里的天空
一样静。[1]

多少年过去,多少地方多少脸都淡漠了,有的
人已谢世,[2]
而我站在远方,夜那么静,我终于肯定
我最怀念的,不是那些终将消逝的东西,而是
鸟鸣时的那种宁静。[3]

---

1. 这个句子结实。

2. 沧桑感。"谢世"的中文色彩让人喜欢。

3. 这是诗核。生命的丧失哪有生命律动时的宁静更让人欢喜。

旁白：

一、沃伦是我非常喜欢的诗人，这种喜欢即从这首诗开始。朴素，深沉，辽阔……

二、这是一种本色吧。从玄学派开始，到现在的明朗，都是需要有底蕴的。

三、"不是……而是"，世界打开了。

[罗伯特·潘·沃伦]

(Robert Penn Warren，1905—1989)，出生于肯塔基的托德县，并在那里长大，后进入范德比尔特大学。在那里参加了"逃亡者—新批评"集团并成为核心人物。人类生活在时间之中，而大自然却在其循环往复中超越了时间，这是沃伦写作的中心内容。《世事沧桑话鸣鸟》是我最喜欢的一首诗。沃伦也是著名的小说家，是迄今唯一获得过普利策诗歌奖和小说奖的作家。

(赵毅衡 译，桑克 注)

# 黑女人 [1]

桑戈尔 [塞内加尔]

赤裸的女人,黑肤的女人
你生命的肤色,你美丽的体态是你的衣着!
我在你的庇护下成长,你手掌的温柔拂过我的眼睛
现在,仲夏的正午,我在阳光灼烧的高山上看到了你,
我希望的土地,
你的美恰似雄鹰的锐光击中我的心脏。[2]

赤裸的女人,黑肤的女人
饱满的果子,醉人的黑葡萄酒,激发我抒情的嘴唇
地平线上明丽的草原,东风劲吹下战栗的草原
精美的达姆鼓,在战胜者擂动下的达姆鼓
你深沉的女中音是恋人的心曲。

---

1. 20世纪30年代,桑戈尔和马提尼克的塞泽尔、圭西那的达马一起创办《黑人大学生》杂志,提倡"黑人性"文艺。桑戈尔对"黑人性"的定义是:"黑人世界的文化价值的总和,正如这些价值在黑人的作品、制度、生活中表现的那样。"《黑女人》是他的艺术主张的自觉实践。

2. 美与力量相结合,呈现出别样的温柔。

赤裸的女人，黑肤的女人

微风吹不皱的油，涂在竞技者的两肋，马里的君主们两肋的安恬的油

在乐园欢奔的羚羊，珍珠像星星一般装饰在你皮肤的黑夜之上

思想的快乐，在你水纹般闪亮的皮肤上的赤金之光

在你头发的庇护下，我的忧愁消散，在你毗邻的太阳般的眼睛照耀下。[3]

赤裸的女人，黝黑的女人
我歌唱你正在消逝的美，被我融进永恒的体态
在嫉妒的命运不曾将它变作肥料滋养生命之树以前。[4]

| 旁白：

这首诗把阳光灿烂的非洲大地与非洲女人结合为一个形象，让它作为美丽的祖国的象征，屹立在漂泊异乡的浪子的心目中，激情与辞藻的交融为这首诗的成功提供了必要的元素。

---

3. 史诗般的长句式，非洲手鼓的节奏感，显示着充盈的感性力量。

4. 正视死亡，肯定现实的美。

## [雷奥波尔特·桑戈尔]

(Leopold Senghor,1906—2001),出生于达喀尔南部亚尔镇。1928年来到巴黎,在路易高级中学和索邦神学院就读,成为获得法国文法博士学位的第一位黑人。1960年,塞内加尔独立,他当选为第一任共和国总统。桑戈尔的诗歌有着鲜明的非洲特色,读起来能够让人们"感到黑人灵魂的呼吸",但他的诗歌又是用法语写成的,它们包含着相当强烈的现代主义因素,象征、暗示、超现实的"自动写作"等。

(齐修远 译,汪剑钊 注)

# 名人志

奥登[1]〔英〕

一先令传记会给你全部的事实：
他父亲怎样揍他，他怎样出走，
少年作什么奋斗，是什么事迹
使得他在一代人物里最出风头：

他怎样打仗，钓鱼，打猎，熬通宵，
头晕着攀新峰；命名了新海一个：
最晚的研究家有的甚至于写到
爱情害得他哭鼻子，就像你和我。[2]

他名满天下，却朝思暮想着一个人，
惊讶的评论家说那位就住在家中，
就在屋子里灵巧地做一点细活，
不干别的；能打打唿哨；会静坐，

---

1. 卞之琳把 Auden 译作奥顿。现代叙事诗略显不老实，句子在阻滞中，形成丰富的含义。

2. 把传主和阅读者拉到一起，这首诗也就有读后回顾或总结的意味。

会在园子里东摸摸西掏掏，回几封

他大堆出色的长信，一封也不保存。³

> 旁白：
>
> 一、是变体十四行，但其作为现代叙事诗的基本特点也体现出来了。总结性，对比性的句子。还有若干细节。
>
> 二、书面语中非常舒服地加入口语成分。节奏把握也好，如，"命名了新海一个"，语序很有感觉——这贡献似乎是汉语的。
>
> 三、英国式的讥讽，用对比表现，丰富了，而且比较机巧。

(卞之琳 译，桑克 注)

---

3. 在静静的描述中，完成一种意境。它的诗意是隐藏的。

# 无名公民

奥登[英]

统计局发现他是
一个未曾被投诉过的人,
而有关他品行的报告都同意
他是一个现代意义上的圣人,
他所做的一切都是为了服务广大的社群。
除了参加战争以外他一直
在一家工厂干到退休,从未被解雇,
而是满足雇主浮贾汽车公司的要求。
然而他决非工贼或观点怪异,
因为工会报告说他按时交会费,
(我们听说他的工会很可靠)
而我们的社会心理工作者发现
他跟同事很合得来,还喜欢喝一杯。
报界相信他每天都买一份报纸
并说他对广告的反应从各方面看都很正常。
以他的名义所买的保险单也证明他样样都买,
而他的保健卡显示他进过一次医院但平安离开。

"生产商研究"和"高级生活"两项调查都宣称
他对分期付款的好处有足够的敏感,
拥有"现代人"所需的一切:
色情杂志,收音机,汽车和电冰箱。
我们那些研究舆论的分析家都同意
他对当年的时事有中肯的意见;
和平时期,他爱好和平;战争爆发,他就入伍。
他结婚并给全国人口添加五个孩子,
对此我们的优生学家认为符合他那一代父亲的标准,
而我们的教师报告说他从未干涉过他们的教学。
他自由吗?他快乐吗?这个问题很怪诞:
如果有什么不对,我们早就应该听说。

**注释:**

这首诗以轻松的笔调,温和地讽刺一个平平凡凡、规规矩矩的公民,他也是千千万万普通人的代表。最后两行可能是全诗最没趣的,因为它恰恰涉及一个核心问题:他自由吗?他快乐吗?答案是不言而喻的。作者说"这个问题很怪诞",听起来像是作者的评论,其实正是千千万万人不敢正视这个问题的写照,没人觉得有什么不妥。

旁白：

威·休·奥登是一位令人无所适从的诗人。一方面，是因为他变化多端，他崛起于二三十年代，所写的诗不只具有极浓厚的现代主义味道，而且继承了英诗传统，其语言可以令人细加咀嚼。可是，他极快地开拓诗歌写作的疆域，并做出惊人之举——移民美国。与艾略特移民英国之举大相径庭。这次转折，令大批拥趸无所适从，另一大批拥趸将他唾弃。很多英国读者因他移民而大为光火，再加上他诗风改变，于是两种情结纠缠不清，有时明明是不喜欢他移民，却说是不喜欢他改变风格；有时明明是不喜欢他改变风格，却说是不喜欢他移民。菲利普·拉金对奥登爱恨交加，就是一个典型例子。另一面，则是因为奥登本来口味就极广(而不是变化)，一开始就喜欢各种文学体裁，还喜欢哲学和科学。仅就诗歌而言，他尤其喜欢轻松诗(light verse)，并于30年代为牛津出版社编了一本《牛津轻松诗选》。所谓轻松诗，可包括讽刺诗、打油诗，但最重要的是顾名思义：轻松的诗。这种口味，与现代主义的严肃认真，简直背道而驰。这点，拉金倒是紧跟奥登，两人都不喜欢读现代小说，觉得沉闷无比。这种口味或者说态度，又来源于奥登一个惊人的见解：艺术是轻浮的，无足轻重的。他这个见解，可能源于他熟读莎士比亚。他认为,莎士比亚创造了无与伦比的艺术,却不把艺术当一回事。

(黄灿然 译注)

# 小说家

奥登［英］

装在各自的才能里像穿了制服，
每一位诗人的级别[1]总一目了然；
他们可以像风暴叫我们怵目，
或者是早夭，或者是独居多少年。

他们可以像轻骑兵冲前去：可是他[2]
必须挣脱出少年气盛的才分
而学会朴实和笨拙，学会做大家
都以为全然不值得一顾的一种人。

因为要达到他的最低的愿望，
他就得变成绝顶的厌烦，得遭受

---

1. 这里的"级别"(rank, 军阶之意)和上一行的"制服"(uniform)均带有军事含义，和下文的"轻骑兵"(hussar)相呼应。作者借这类暗含军事意味的词汇喻示"他们"（挥霍才华的诗人们）像军队一样纯粹依照迷信中的"天赋"划分级别、像军队一样傲慢，在无上的荣耀中招摇过市。

2. 此处的"他"是指与"他们"不同的写作者，"他"的写作不依仗天生的才能并且懂得内敛之道，"他"更像是一个小说家，历经世俗百态，在隐忍中锤炼写作的奥义。

俗气的病痛,像爱情;得在公道场

公道,在龌龊堆里也龌龊个够;³
而在他自己脆弱一身中,他必须
尽可能忍受人类所有的委屈。

> 旁白:
>
> 一、奥登是对整个20世纪诗歌(不仅仅是英语诗歌)影响最大的诗人之一,他一生风格多变,不易笼统而言。这首十四行诗并无繁复的、"诗意"的修辞,但逻辑严密,行文冷静、从容、机智,暗含"对症下药"的隐喻和警句,是"以议论入诗"的典范。
>
> 二、这首诗多少有些"劝谕诗"的意味,劝诫优秀的诗人应该如同小说家一样,弃绝浮华的"天赋"和"天启"式的写作态度,在有所坚持、有所保留的入世姿态中隐秘地开掘自己的写作空间。这一观念对现代主义以来的诗人反拨浪漫主义诗人"为世界立法"式的高蹈姿态起到了推进作用。

---

3. 这一句堪称绝译,充分表达出了作者的理想化的立场:一个现代诗人为了使写作更富有穿透力和包容力,在面对世俗生活时必须具有的面具化的参与意识。

三、中国现代最优秀的诗人之一卞之琳的这个译本是现有的该诗译本中最大限度地承载了原文的意义含量和风格含量的译本,属于不可多得的精品。

## [W·H·奥登]

(Wystan Hugh Auden,1907—1973),出生于约克郡,是一位医生的小儿子,毕生对疾病和治疗感兴趣。在牛津大学读书时开始写作,是继艾略特之后称雄英语诗坛的"奥登一代"领军人物。1946年加入美国国籍。奥登的写作观念被公认为经历了弗洛伊德主义、马克思主义和基督教三个阶段,其一生丰富多变的作品和经历旺盛的文学活动对后来的写作者影响巨大。

(卞之琳 译,胡续冬 注)

# 悲伤的塔

雅各布森 [挪]

奴隶们有粗大的手,建起悲伤的塔。

他们有铅的心[1]和山墙般的肩膀,建起悲伤的塔。

他们有石锤般的手,建起沉默的山。

它们立在勃艮第、巴勒贝克和赫雷斯。[2]

死灰色的墙在森林上面,石头的前额和忧郁的眼睛

在地球上的很多地方

燕子在空中排成巨大的弧形

好像无声的鞭打。[3]

---

1. 用"铅"来形容内心的沉重和灰暗。

2. 这里提到的几个地方,都有著名的古建筑。勃艮第在法国东部,公元5世纪该地区首先由勃艮第建立王国,在1477年被路易十一并入法国皇家领地。巴勒贝克,黎巴嫩贝卡省的主要城镇,也是罗马城镇遗址所在地,公元前曾由罗马统治,有着朱庇特神殿及巴克斯神殿和圆形维纳斯神殿等。赫雷斯是西班牙城市,曾先后被罗马人和摩尔人所占,1264年由卡斯蒂利亚国王阿方索收复。

3. 奇妙的比喻。燕子在空中飞过划出的弧形,竟让诗人联想起鞭子。这一联想正好与全诗的气氛吻合。

旁白：

一、题目是《悲伤的塔》。在摩天大楼出现前，塔是最高的建筑物。几乎所有古老民族都建造过塔，最有名的当是《圣经》中的巴别塔。因而塔也是文明的标志，这里的塔或许也可以视作古代文明的遗迹。诗人用"悲伤"来修饰塔，也许表达了文明中蕴含着血泪和罪恶之意。

二、诗行显得松散，但运用了排比和重复的手法，不断地强化奴隶们"建起悲伤的塔"。提到的几个地名都与古老的文明遗址有关，人类历史被包含其中。

三、"石头的前额和忧郁的眼睛"具有超现实意味，使形象更加鲜明，更加意味深长。

四、"地球上的很多地方"与上面提到的地方相呼应。在那里，甚至连燕子美丽的姿影也像挥舞的皮鞭，使痛苦和悲伤弥散开来。


[罗尔夫·雅各布森]

(Rolf Jacobsen，1907—1994)，出生于奥斯陆，并在那里完成学业。第一部诗集《土与铁》(1933)开创了挪威的现代主义诗风，"二战"期间度过了一段艰难的时期，战后做过书商、报纸的记者和编辑，信奉天主教。雅各布森的诗表达了对周围世界的不安和同情，对技术表示出嘲讽和怀疑。他时而幽默,时而严肃,力图在自然和技术间寻找到一种平衡。他一生获得过很多荣誉,被公认为是斯堪的纳维亚最出色的诗人。

(北岛 译,张曙光 注)

# 完 全

夏尔［法］


当我们的骨头碰响泥土，

从我们的脸上崩塌，

我的爱，什么也没有结束。[1]

一场崭新的爱来自一声呐喊

重新激活我们，[2] 抓住我们。

如果说肉身的热量已经消失，

事物却在继续，

抗拒垂死的生命，

在无限处耸立。[3]

我们曾经目睹的

与痛苦并肩飞翔的一切

在那里像在一个巢里，

而它的双目将我们合为一体

---

1. 开篇三句非常用力，触目惊心。死后躯体的解体现象，裸露在想象力的烛照下，如正在发生那样历历在目。但是，"什么也没有结束"。

2. 类似复活的奇迹发生了。从"结束"处，开始了"一场崭新的爱"。记忆的不死性是人类的真正宝藏。

3. 死亡不仅没有拿走什么，反而使精神"在无限处耸立"。

在一种新生的允诺中。

死亡并没有长高

尽管羊毛湿漉漉的,

幸福也未曾开始

倾听我们的存在,[4]

草赤条条的,被践踏。

## 旁白:

一、这首诗体现了夏尔作为反抗者的高昂姿态。他从死亡那骇人的肉身终结点写起,一层一层挖掘生命,一直挖到生命的底层,指明生命的真相:"草赤条条的,被践踏。"

二、夏尔反抗了一辈子,战斗了一辈子,爱了一辈子。生命就勃发在那"爱"里,力量就在那"反抗"的"战斗"里显露自己。

三、这首诗仍然让人回想起夏尔当年投身超现实主义运动时留下的技艺痕迹:自发的意象,汹涌而出的激情冲撞。

---

4. "倾听我们的存在",这就是夏尔毕生追求的事业。诗至此,调子重又转入沉痛,那是诗人的存在之痛,生命的不自由之痛。

# [勒内·夏尔]

(Rene Char, 1907—1988), 出生于普罗旺斯的一个小镇。年轻时曾积极投身于超现实主义运动。"二战"期间, 夏尔以极大的勇气, 亲自率领一支游击队, 投入抵抗运动。夏尔的诗始终呈现为一种贴紧生命的运动, 他强烈的内在激情和思想冲撞, 迫使他在语言中择定简洁的、断片的形式。洗练短促, 才更凸显有力; 格言式框架, 才真正饱满紧张。夏尔的浓缩的诗句显示了一种基本矛盾的重心, 它们达到了一种神秘的状态, 但又避免了晦涩。

(树才 译注)

# 几 乎

里索斯 [希]

他把一些不相配的东西捡到手中[1]——一块石头

一片碎瓦,两根燃过的火柴,

对面墙上的烂钉,

窗外飘进的叶子,从淋过水的花盆

滴落的水滴,那一点点麦秆

昨天夜里吹进你头发的风[2]——他带着它们

并在他的后院子里,几乎造起了一棵树。[3]

诗,就在这"几乎"里。[4] 你能看到它吗?[5]

---

1. "不相配的东西",指材料的原生、偶然的性质。"捡到手中",表面是一种既带有随意性,又是经过选择的行为。

2. 这里列举的各种事物,看起来都是些细小的、质地鲜明的物体,而且,从石头到碎瓦、火柴、烂钉、叶子、水滴、麦秆、风,愈来愈轻。另外,值得注意的是,这些事物不单呈现着它们自身的特征,而且也都带有某种记忆的痕迹。"风"是不可见的、易于飘逝的事物,到这里,诗人列举的事物开始形变,不可见的"风"转化成可感的气息或记忆。

3. 这里进行的是更复杂的型塑和构造,以上列举的事物与"一棵树"之间当然不存在植物学意义上的种植和生长的转化关系,但在想象力的意义上,它们之间可能存在联想和对话的转化关系。

4. "几乎"显示的是构造行为和成品之间的交界,诗人认为,这个交界之处,正蕴含着诗的因素与结果。

5. "看到"的宾词在这里,既可能是"树",也可能指"诗",当我们最后读到这句话时,回头看,我们果然就看到了一首诗的完成。

旁白:

一、这是一首"以诗论诗"的诗,总体上讲,诗人把写诗比喻为一桩手工劳动。

二、以造一棵树为喻,强调诗的生长过程和特征。

三、诗人罗列的那些事物,仔细分析,都是带有象征意味的带有生命和记忆痕迹的元素,这些意象构成了诗的生长要素。

(周伟驰 译,周瓒 注)

# 单身汉之夜

里索斯[希]

单身汉的房间里家具那么凄楚[1]

桌子是一头四足冻僵的牲畜,

椅子是一个在大雪覆盖的森林中迷路的孩子,

沙发变成了被狂风吹倒在庭院里的又一棵光秃秃的树。[2]

然而用不了多久,在这里[3]

一种圆形的、半透明的沉寂就会形成,

犹如渔船上玻璃底面的鱼舱[4],

而你痛苦地弯下腰伸入其中,

透过玻璃盯着透明发亮的大海深处

那些水晶,那些深绿色的裂缝,

那些奇异的海生植物,

死死地盯着玫瑰色的、冷漠而巨大的海鱼以及它们宽

---

1. 读到后面,读者会发现"凄楚"是一个圈套表达,或仅仅是第一层表达。

2. 以上三行是第一行的继续。"凄楚"变奏为"冻僵的"、"迷路的"、"光秃秃的"。

3. 但是从这里,诗歌走向形式转折,或者说"凄楚"的第一层表述已完成,"沉寂"出现。联系诗题,只有单身汉,才能在度过"凄楚"之后看到"半透明的沉寂"中展现的事物。这时,个人的精神聚敛,世界向他展开。

4. 没有这样的鱼舱。以下数行都是作者的"幻见"。

阔而华丽的动作

而你不知它们是在埋伏或在搜索,是在隐蔽或在做梦,

因为它们的眼睛睁得太大看起来仿佛禁闭。[5]


归根结底这并不重要

难道还不够么,——它们的动作美丽而静止?[6]


| 旁白:

里索斯是一位技巧高超的大师。他的诗通常篇幅较短,但他能够以短小的篇幅接纳世界和人的历史存在。据说他试图将现代诗风与古希腊的哀歌形式结合在一起,因而他的诗神秘忧郁。《单身汉之夜》不是一首简单地描述"单身汉"和"夜晚"的诗,而是一个孤独者在寂静中的精神发现。读过这首诗,我们知道,诗中有事情发生,但又几乎什么都不曾发生,但世界却变了,也就是单身汉对世界的看法改变了。永远别指望里索

---

5. 这行诗可能基于诗人平时对事物的观察,但也可理解为"物极必反"的诗歌意象。

6. 内心与自然的近距离交谈。

斯只为读者提供一点廉价的日常生活或一点小小的伤感、小小的愤怒。

## [扬尼斯·里索斯]

(Yannis Ritsos，1909—1990)，出生于伯罗奔尼撒半岛，少年时代历经家庭不幸，母亲与兄长的早逝给他的心灵留下重创。40年代，作为国家解放组织的成员，因为反对德国而遭流放。他创作宏丰，出版过五十多部诗集，另有不少随笔和戏剧作品。第一本诗集《拖拉机》于1934年问世,诗集《月光奏鸣曲》(1956)曾获国家诗歌奖。曾多次获诺贝尔奖提名，并于1977年获苏联政府颁发的列宁奖金。

(马高明 译，西川 注)

# 地　图[1]

毕晓普［美］

陆地仰卧在海水中，被绿色的阴影覆盖。

这些阴影，如果真实的话，它们的边缘

出现了一串长长的布满海草的礁石

那些海草使得海水由绿色变成纯蓝。

或许是陆地斜躺着从底下把海洋托起

再不慌不忙地拉回到自己身旁？

沿着美丽的褐色的砂石大陆架

陆地正从水下用力拖曳着海水？[2]

纽芬兰的影子寂静平坦。

黄色的拉布拉多，[3]爱斯基摩人在上面

涂了油。我们能够抚摸这些迷人的海湾，

在玻璃镜下面看上去快要开花了，

---

1. 可以设想，诗人一边看地图，一边回忆学生时代的一次旅行，写下了这首诗。

2. 诗人的视觉在不断变化，从空中翻转到海平面，最后到了水下的大陆架。

3. 纽芬兰是加拿大最东部的一个省，包括纽芬兰岛和位于哈得逊湾和圣劳伦斯湾之间的拉布拉多半岛的一部分。

又像是一只干净的笼盛放着见不到的鱼。

海岸线上小镇的名字标到了海上，

几座城市的名字则翻越了附近的山脉

——当激情大大超出了动因

印刷工人享受到同样的兴奋。[4]

这些半岛从拇指和食指间提取海水

犹如妇人触摸庭园里光滑的家当。


地图上的海洋比陆地更为安逸，

它把波浪的形状留给了陆地：

挪威的野兔心急地奔向南方[5]

它的侧影摇晃于海水和陆地间。

国家的颜色分配好了还是可以选择？

——最能表示水域特征的色彩是什么？

地理学并无偏爱，北方和西方离得一样近

地图的着色应比历史学家更为精细。

---

4. 丰富的联想让诗人兴奋不已，迫切需要有人来分享。好奇心从来都是诗歌的源泉。

5. 纽芬兰省的北部有11世纪古挪威人的遗迹，被联合国教科文组织确立为世界文化遗产。

| 旁白:

一、诗人注重精确的观察和细节描写,无论一种生物、一处风景还是日常生活,都有独到的发现,这一点通过这首诗歌可以获得印证。

二、诗人的语言明晰、客观,很少带上感情色彩,有的只是宁静和喜悦,或者孩童的兴高采烈。

三、"她的诗写在这句话的底下,我都看见了。"兰德·贾雷尔说。

## [伊丽莎白·毕晓普]

(Elizabeth Bishop, 1911—1979),美国女诗人。出生于马萨诸塞州的伍斯特,毕业于纽约瓦萨女子学院,晚年任教于哈佛大学。曾获普利策奖和全国图书奖,担任过国会图书馆诗歌顾问,还获得了巴西总统勋章和美国、加拿大多所大学的荣誉博士学位。毕晓普的诗歌依赖于一种强烈的音乐节奏、复杂的想象力和洞察力,她的诗歌中呈现出来的某种男性气质使得大多数女诗人望尘莫及。《地图》这首诗被置于毕晓普多种诗集的开头。

(蔡天新 译注)

# 礼 物

米沃什[波兰]

如此幸福的一天。[1]

雾早就散了,我在花园里劳作。

歌唱着的鸟儿正落在忍冬花上。[2]

在这世界上我不想占有任何东西。

我知道没有一个人值得我嫉妒。[3]

不管我曾遭受过什么样的苦难,我都忘了。[4]

想到我曾是那同样的人并不使我难受。

我身体上没感到疼。[5]

挺起身来,我看见蓝色的大海和帆。[6]

---

1. 以一种感恩的惊喜语调开始了诗的第一行。

2. 这两行描绘了清晨的景象,每一个意象都充溢着敞亮和明快的色调。

3. 不想占有和无人值得嫉妒,都是对眼前所经验到的幸福喜悦的一种珍惜。

4. 米沃什被认为是以诗歌对抗"遗忘"和"沉默"的"见证式"的诗人,但这首诗中,诗人却能够感受到自己可以从那沉重的记忆中解脱出来,以获得感受幸福的力量。

5. 承继前两行所谈及的"记忆"或"苦难的经历",表明诗人真正体会到一种彻悟的状态。

6. 这样的结尾令人想起陶渊明的诗句:"采菊东篱下,悠然见南山。"虽然意象不同,但手法和境界却颇接近。

旁白：

一、米沃什是一位流亡诗人，第二次世界大战中，曾积极参加反纳粹暴政的地下运动，"冷战"时期，又因政治原因流亡到法国，最后在美国定居。然而，他的精神之根依然和波兰密切相连。作为一个曾经见证过人性暴行、在诗歌中追求"真"的诗人，米沃什同时也试图发现人性中的"善"和"美"。

二、这首诗所捕捉的幸福感，不啻为平淡人生中的奇迹，在简单的事物中体察到自己的明朗而宁静的心境，反映了诗人的洞察力。

三、这首诗几乎没有用什么修辞，单纯的白描和直抒胸臆，却更能让人感受到那瞬间体悟的幸福的力量。

(沈睿 译，周瓒 注)

# 一个故事

米沃什 [波兰]

现在我想讲米德尔的故事;我且放进一点寓意。[1]

他倒楣碰上了一头灰熊,又凶又猛

经常从小屋的檐下撕抢鹿肉吃。

不仅如此。他[2]不理人,也不怕火。

一天夜里,他开始捶门了,

还用爪子打破了窗,于是人们蜷成一团,

把猎枪放在身旁,等待着黎明。

晚上他又来了,米德尔近距离射中了他,

射在左肩胛骨下面。他于是又跳又跑,

跑得像一场风暴:一头灰熊,米德尔说,

即便被射中了心窝,也会不停地跑,

一直跑到倒下来。后来,米德尔沿着血迹

找到了他——他这才懂得了

这头熊的古怪行为的真实原因:

---

1. 开宗明义,告诉读者要讲一个故事,并声称要在里面加上"一点寓意"。故事加上寓意,自然成为寓言。事实上,在这个平淡的故事中,正好隐含着作者对人生的认识。

2. 这里的"他"指灰熊。诗人把这头熊看作我们中的一员,而不仅仅是一个动物。

这畜牲的口腔给脓肿和龋齿烂掉一半。
成年累月的牙痛啊。一种不可言喻的痛楚，
经常逼得我们胡作非为，
使我们产生盲目的勇气。[3]我们没有什么可丢失，
我们走出树林，未必希望
天上会下来一个牙医把我们治好。

| 旁白：

一、这首诗或许并不能完全代表米沃什的风格，却常被收入一些欧美诗选。诗并不复杂，写一头熊变得疯狂而不可理喻，直到被打死，才发现是因牙疼而致。

二、"一种不可言喻的痛楚，/经常逼得我们胡作非为"，画龙点睛之笔，完成了从熊到人的置换，同时也把个体行为上升到普遍意义上。诗的深意也许正在于此：探讨人类做出种种疯狂举动的起因。

三、结句似有深意。注意再次提到"我们"，这样"我们"就不再是故事被动的旁观者，而成了里面的角色。

---

3. 想来这就是前面所说的"寓意"。

## [切斯瓦夫·米沃什]

(Czeslaw Milosz,1911—2004),出生于立陶宛的维尔纽斯,早年参与现代主义诗歌运动,"二战"时加入了反法西斯的地下组织。战后曾任波兰驻美、法外交官,1951年自我放逐到法国,后成为美国公民。米沃什诗歌的风格朴素而强烈,具有很强的艺术感染力。这也许是理性和道义的力量在诗歌中得以体现的缘故。他常常使用散文化的句子,没有更多的修饰,自然流畅,有时甚至显得率直。1980年,他获得诺贝尔文学奖。

(绿原 译,张曙光 注)

# 读新闻标题[1]

依格纳托[美]

在我身体内有一块墓地，那里我埋葬尸体，[2]
草草了事，不动感情，一眼看去成千上万。
我把它们码好，那时我正在吃饭
我继续吃，喂着我自己和那些死人

我绕着坟地散步，观看它
带着好奇，发现它怪黑的，但散步时
颇有安全感，这是我自己的地方
我要在此长眠，诚然这地方不令人满意
但别无去处，我躺下休息并梦想[3]

反正我是迷路的人，看不见天边和熟悉的路标
只是继续走着，好在不必自杀
我死于被夺去生存的能量

---

1. 作者没有透露"新闻标题"的具体内容，但可以肯定与死亡有关。

2. 在这个假设之下，后面的叙述和展开就变得合情合理。

3. 诗人的机智在这一节表现得淋漓尽致。

我认识我的方向,何况总算有同伴们。[4]

> 旁白:

一、一个犹太人在美国,他的内心必然另有一番天地。

二、一个诗人的博大胸襟可以在一首小小的诗中得以展现,诗歌带给我们的温暖是其他手段无法替代的。

三、读这首诗加深了我们对死亡的认识,后者既是一个诗人必须面对的主题,也是一个普通人必须面临的场景。


[大卫·依格纳托]

(David Ignatow,1914—1997),出生于纽约布鲁克林,是一个俄国犹太移民家庭里的独生子。做过推销员、多所大学的驻校诗人和多家文学杂志的编辑,生前共出版十七本诗集,曾获波林根奖和古根海姆奖等重要奖项。依格纳托的诗歌多数以自传性质的面目出现,真诚直率,表达有力,充满机智。可是由于个性的原因,依格纳托生前没有得到足够的重视,近年来他被视为美国20世纪最重要的诗人之一。

(郑敏 译,蔡天新 注)

---

4. 沉着、冷峻,这是一位成熟的人具备的优良品格。

# 通过绿色茎管催动花朵的力

狄兰·托马斯［英］

通过绿色茎管催动花朵的力
催动我的绿色年华，毁灭树根的力
也是害我的刽子手。[1]
我缄默不语，无法告诉佝偻的玫瑰
正是这同样的冬天之热病毁损了我的青春。

催动泉水挤过岩缝的力催动
我鲜红的血液；那使絮叨的小溪干涸的力
使我的血液凝固。
我缄默不语，无法对我的脉管张口，
同一双嘴唇怎样吸干了山泉。

搅动着一泓池水的那一只手
搅动起流沙；牵引狂风的手

---

[1].力量既可能是创造，也可能是毁灭，它把生命和死亡同时握在手心，制造一个又一个的循环。

扯动我的尸布船帆。

我缄默不语,无法告诉走上绞架的人

我的肉体制成了绞刑吏的滑石粉。[2]

时间的嘴唇像水蛭吮吸着泉源,

爱情滴落又凝聚,但流下血液

将抚慰她的创痛。

我缄默不语,无法告诉变幻不定的风儿,

时间怎样环绕着繁星凿出一个天穹。[3]

我缄默不语,无法告诉情人的墓穴,

我的床单上也蠕动着一样的蛆虫。[4]

| 旁白:

一、自然的生命与历史的运转极其相似,生死相依,世间万物都在矛盾和冲突中寻求和谐与统一。道理很简单,但诗人让形象来说话,诗中的每一个意象都在印证主题。

---

2. 前面三段述说的是自然界的力量。

3. 这一段引入抽象的"时间"一词,说明毁灭之后的重建。

4. 告诉死者,生命其实包含了死亡的因素。

二、还需要注意的是，全诗主题推进借助了"准排比"的形式，既保持了节奏感，又不流于呆板。

## [狄兰·托马斯]

(Dylan Thomas，1914—1953)，出生于威尔士。中学时代开始写诗，二十岁出版诗集《诗十八首》，引起广泛瞩目。担任过报社记者，因酗酒过度客死纽约。他的作品意象奇诡、比喻繁复、内容深奥，虽然读者不多，在朗诵时却有很好的效果，有一种动人的音韵美。他在创作中既善于表达强烈的自我意识，也不放弃深切的人文关怀。在表达死亡主题时流露出极端的生之渴望，将情感与哲理融合到了一起。

（汪剑钊 译注）

# 福光的孩子[1]

洛厄尔 [美]

父辈从蛮荒之地夺取面包,

用红种人的骨头做院子围篱,

他们从荷兰低地登上海船,

夜里在日内瓦朝香者无处归宿。[2]

他们在此地种下福光的蛇籽。[3]

旋转的探照灯在搜索,想震撼

建在岩石上的狂暴的玻璃房间,[4]

在空无一物的祭坛旁,蜡炬流淌,

该隐[5]的无家可归的鲜血在燃烧,

烧着了没掩埋的种子,那里才有福光。

---

1. 根据《圣经》的说法,福光的孩子有别于尘世的孩子,而受到上帝的恩宠。注意其中的反讽意味。

2. 早期的美国移民大都是受到宗教迫害的清教徒,自称为"朝香者"。日内瓦是加尔文教的产生地(清教是其中的一支),"无处归宿"按译者的注释,是"指加尔文教反对圣餐说而失去皈依",但如果理解为因宗教信仰而受到迫害到处流离亦无不可。

3. "蛇籽"在《圣经》中被认为是无法生长、注定枯萎的。

4. "玻璃房间"指现代化的住宅,具有隐喻意义。

5. 该隐杀死了自己的弟弟亚伯,一直被作为兄弟相残的典型。

## 旁白：

一、这首诗选自诗集《威利老爷的城堡》，算不上十分著名，却代表了洛厄尔早期诗的风格特点：形式严谨，技艺精湛，大量运用宗教性的隐喻和象征。这首异常凝练的诗(当然同时也显得有些晦涩)，在短短十行诗里就概括出美国的成长史。

二、从"荒蛮之地"和用"红种人"(即印第安)的头骨做成的围篱，到现代化的玻璃房子，这些变化一直伴随着罪恶。他们犯下的也许正是当年该隐犯下的罪行，即杀害自己的兄弟。谁都不曾想到，这些曾受到宗教迫害的新教徒们在这块土地上种下的竟是蛇籽。

三、诗的标题来自《圣经》，并使用了《圣经》中其他一些典故。以"福光的孩子"隐喻美国，表面上似乎是在赞美，其实具有很强的反讽意味。

## [罗伯特·洛厄尔]

(Robert Lowell，1917—1977)，出身于新英格兰名门世家，曾入哈佛大学。早年受新批评派影响，迷恋于传统，追求形式美。"二战"期间，因拒服兵役而被监禁半年。从50年代起，洛厄尔的诗风大变，一反艾略特的非个人化主张，出版了自传色彩的诗集《人生素描》。洛厄尔两度离异，曾精神错乱，这些都在他的诗中得到了体现。他的诗艺精湛,展示出公众和个人生活的深刻矛盾。晚期的诗歌变得平静,接近悠闲的谈话体。

(赵毅衡 译,张曙光 注)

# 雨水踮起足尖沿着大街奔跑[1]

叶拉金[俄]

雨水踮起足尖沿着大街奔跑,
雨水的奔跑时而轻盈,时而笨重,
雨水奔跑,火光油画一般的色彩
玷污了黄昏的沥青路。

在脚下,仿佛在黑色的湖水中,
红宝石点燃了交通信号灯。
在沥青马路黑暗的深处,
霓虹灯的反光不停地徘徊。

在雨水数不胜数的缝隙里,
仿佛所有的人间灯火在哭泣。
黑夜把火炬带到了地下,
随身携带了所有的街道。[2]

---

1. "踮"可以看作全诗的"诗眼"。

2. 看似漫不经意的自由抒写,悄悄地为后面作着铺垫。

这就是它,我陌生的城市,

我石头命运的城市,

灯柱在你下面移动,

仿佛一根根橘黄色的木桩。


甚至连我自己都不明白,

我在喧嚣的城市里寻找什么,

我跟踪着什么样的反光,

我活动在什么样的空间里。


我甚至都感觉不到

飘飞的雨水那歪斜的抽打,

在平行的一个垂直平面中,

平坦的我平稳地滑动。³


或许,挣脱出所有的囿限,

又陷入了另一种维度,

在沥青马路上,我仰面跌倒,

流淌,像黑夜里反光中的反光。⁴

---

3. 进一步释放非理性和直觉,跟着感觉走。

4. "奔跑"戛然而止,"反光中的反光"应该是"另一种维度"里的"反光",自由之外的又一种囿限。

| 旁白：

一、美国诗人桑德堡的《雾》，以"踮起猫的细步"，状写雾的轻盈。叶拉金的"雨水"、"踮起"的是一种"奔跑"的动感，其拟人的手段具有直捣人心的效果，可以更新久已迟钝的审美感觉。

二、在摆脱了理性和逻辑的束缚以后，尚须注意不要受制于非理性和反逻辑的桎梏。

## [伊万·叶拉金]

(Ivan Yelagin，1918—1987)，出生于符拉迪沃斯托克。曾经在基辅医学院学习，后因战争爆发而中断了学业。先后旅居慕尼黑和纽约，曾在哥伦比亚大学和纽约大学学习，获博士学位，后来执教于匹茨堡大学，被批评界看作俄罗斯"流亡文学"第二浪潮的头号诗人。他关注流亡和挽歌的主题，强调诗人的公民义务，对工业文明怀有很深的疑虑和恐惧，在创作上受到超现实主义的影响，擅长叙事情节向抒情结构的转换。

(汪剑钊 译注)

# 父亲：大理石

博斯凯［法］

父亲：大理石。

母亲：玫瑰花。

出生地点：你[1]心深处。

日期：无年之年。

学校：热风、马月学校，拒绝白色的雪学校。[2]

住址：想住而又绝不该住的地方。

职业：说大话，有时折磨大话。[3]

宗教：海洋，当它驯服时。

爱好：在绝对中来回旅行。

特征：你太久的沉默。

---

1. 此处的"你"是这首戏仿履历体的诗歌假想的对话者，这种对话很有可能是"自说自话"，即"你"可能是作者自己，也有可能是其他与作者关系密切、可以成为理想倾听者的人。

2. 不仅是雪的学校，而且还是拒绝白色的雪的学校，作者的构词可谓诡谲。它具体预示着什么似乎不能逐字穿凿附会，只能大致感受到作者理想中的"教育"既是来自神奇的自然，也是来自想象力对自然的篡改（"拒绝白色的雪"）。

3. "大话"在这里可以理解为对写作的自嘲，而"折磨大话"则可以看作是作者对写作活动所具有的复杂性、紧张感和快感的认识。

**旁白：**

一、博斯凯是法国超现实主义的"教父"布勒东"钦定"的超现实主义继承人，后来又受到诗人苏佩维埃尔的影响，在风格的自由轻巧、想象力的诡异恣肆上独树一帜。

二、这首诗戏仿了枯燥无味的履历，用诗中作者自己的词语，可以看作是"大话履历"。履历本应是确切的、机械式的，它代表了体制化的社会生活对个人内心生活不确定性的压抑，但这首戏仿的履历几乎每一条款都是对内心印痕的不确定性、悖谬感的放大处理。从文化政治的角度来看，它旨在实现通过自由的自我认知实现一种想象中的解放。

三、履历体的条目排列如果用超现实主义的诗歌语言去填充的话，从形式上就获得了双重的跳跃快感（超现实主义的想象的跳跃和条目形式所带来的语义连接跳跃），所以阅读起来有一种在诗歌的可能性临界点逡巡的乐趣。

四、博斯凯的小说《墨西哥忏情录》和《我的俄国母亲》均有中译本，他的小说和他的诗歌一样精彩，值得一读。

## [阿兰·博斯凯]

(Alain Bosquet, 1919—1998), 出生于乌克兰的敖德萨，

他的母亲曾师从小提琴家海菲兹。其俄国渊源的家庭在十月革命之后一直在欧洲漂泊,曾在布鲁塞尔和索邦大学求学。"二战"期间参加美国军队,担任过纽约的"法国之声"编辑,战后在柏林西方占领区工作,1951年定居巴黎。阿兰·博斯凯的代表作为诗集《关于孤独的一百个注释》、《怀疑与感激的账簿》和小说《我的俄国母亲》、《墨西哥忏情录》。

(胡小跃 译,胡续冬 注)

# 施玛篇 [1]

莱维［意］

你们这些安全地生活在

温暖的屋子里的人,

黄昏时回来就见到

热食物和友善面孔的人:

想想这是不是一个男人,

他在泥浆里劳作,

他不知道什么叫和平,

他为一片面包而战,

他说一声"是"或"不"就死了。

想想这是不是一个女人,

没有头发或名字,

没有更多的力量去回忆,

眼睛空蒙肚子冰冷,

像冬天里的青蛙。

---

1.施玛篇(Shema),犹太教徒申述对上帝笃信的祷词,原系希伯来语,意为"请听!",故这首诗的标题也可译成《请听!》或《听着!》。

想想这曾经发生过:
我向你推荐这些话。
请将它们铭刻在你心中

当你在屋子里,当你走你的路,
当你上床,当你起床。
向你的孩子们重复它们。
否则你的屋子会倒塌,
疾病会使你一蹶不振,
儿孙会对你背过脸去。

旁白:

这首诗中的说话者不是一般地同情受苦人,而是要人们谨记他们如何受苦。它的奇特之处不在于这种诉求,而在于诉求之余还下咒语。显然,说话者对人们的冷漠和善忘感到绝望,并且知道人们还将继续冷漠和善忘。但想深一层,这其实不是咒语,而是警告和预言。如果人们对周遭的受压迫者、被剥夺权利者视而不见,他们自己最终也会成为受害者,甚至整个民族都要陷入深重灾难。

[普里莫·莱维]

(Primo Levi，1919—1987)，出生于都灵的一个犹太家庭。青年时代参加抵抗法西斯的组织被捕，1944年被送往奥斯威辛一个附属集中营，他是一位化学家，有利用价值，因而幸存下来。1977年他退休时是一家化学工厂的总经理，1987年自杀。莱维业余时间写回忆录和小说，包括《奥斯威辛幸存者》《溺水者和获救者》《周期表》等，是"见证文学"的代表作家之一，享誉欧美。他只出了两本薄薄的诗集，但已足以使他跻身优秀诗人之列。

（黄灿然 译注）

# 死亡赋格曲[1]

策兰[奥]

早先[2]的黑牛奶[3]　我们在傍晚喝它

我们在中午和早晨喝它　我们在夜里喝它

我们喝　喝

我们在空中挖坟墓　睡在那里不拥挤

一个男子住在屋里　他玩蛇　他写字

天黑时他写信回德国　你的金头发[4]啊　玛加蕾特

他写字　走出屋外　星光闪烁　他吹口哨把公狗召过来

他吹口哨把犹太人唤出来　叫他们在地上挖坟墓[5]

他命令我们奏舞曲[6]

---

1. 施玛篇（Shema），犹太教徒申述对上帝笃信的祷词，原系希伯来语，意为"请听！"，故这首诗的标题也可译成《请听！》或《听着！》。

2. 此处"早先"亦有"清晨"的意思，但译者认为，它不同于后面的"傍晚"、"早晨"、"中午"、"夜里"，并非表示明确的时间，而是独立于这四者之外的，是抽象的"早"的名词形式。

3. 牛奶通常是白色的，此处写成黑色，表示一种反常——纳粹时期，在死亡阴影的笼罩下，社会、人的思维都不再正常。

4. 纳粹时期，"金"发和"蓝"眼睛对犹太人来说无疑是"非同类"的象征——普通的色彩在特殊环境下变得刺目了。

5. 纳粹命令仍然活着的犹太人挖掘坟墓，以埋葬他们的同胞。

6. 纳粹军官有时会强迫犹太人居住区或集中营里的犹太人唱歌跳舞，给自己取乐。

早先的黑牛奶　我们在夜里喝你

　　我们在早晨和中午喝你　我们在傍晚喝你

　　我们喝　喝

　　一个男子住在屋里　他玩蛇　他写字

　　天黑时他写信回德国　你的金头发啊　玛加蕾特

　　你的灰烬色的头发啊　书拉密特[7]我们在空中挖坟墓　睡在那里不拥挤

　　他嚷道　你们这一边　把地面挖深些　你们那一边快唱快奏乐

　　他握住腰带中的手枪　挥舞它　他的眼睛是蓝的

　　你们这一边　把铁锹戳得更深些　你们那一边　继续奏舞曲吧


　　早先的黑牛奶　我们在夜里喝你

　　我们在中午和早晨喝你　我们在傍晚喝你

　　我们喝　喝

　　一个男子住在屋里　你的金头发啊　玛加蕾特

　　你的灰烬色的头发啊　书拉密特　他玩蛇

---

7. 玛加蕾特 (Margarete) 是典型的德国人的名字，而书拉密特 (Sulamith) 是典型的犹太人的名字。故前者拥有金头发，后者拥有"灰烬色的头发"，也暗指焚尸炉对犹太人的迫害，与下文"化烟升天"相呼应。

他嚷道　把死亡奏得更甜美些吧　死亡是来自德国的大师

他嚷道　把提琴拉得更阴沉些吧　然后你们化烟升天 [8]

这样你们就有座坟墓在云中　睡在那里不拥挤


早先的黑牛奶　我们在夜里喝你

我们在中午喝你　死亡是来自德国的大师

我们在傍晚和早晨喝你　我们喝　喝

死亡是来自德国的大师　他的眼睛是蓝的 [9]

他用铅弹打中你　他打得很准 [10]

一个男子住在屋里　你的金头发啊　玛加蕾特

他嗾使公狗扑咬我们　他送我们空中的坟墓

他玩蛇　做美梦　死亡是来自德国的大师


你的金头发啊　玛加蕾特

你的灰烬色的头发啊　书拉密特

---

8. 暗指毒气室、焚尸炉使犹太人"升天"。

9. 德语原文中，此处"眼睛"用了单数，而上文（第二节）中的"眼睛"是复数，即"双眼"。汉译时暂不做区分。

10. 策兰母亲即被纳粹枪杀——脖颈被洞穿。策兰对深爱德语的母亲有很深的感情，母亲的死造成了他永难平复的精神创伤，写下很多诗作悼念母亲。

旁白：

一、赋格形式构造出的此起彼伏、盘旋往复的效果，恰如其分地反映了诗人内心的澎湃。

二、极度的苦痛被诗人克制地用相当平静的语言表达，使这首诗更有深度，更有力度，也更令人难以忘怀。

三、此诗在格式上借鉴了钱春绮先生的译本，并保留了部分译句（经先生特允），在此谨表谢意。

[保罗·策兰]

(Paul Celan, 1920—1970), 出生于今罗马尼亚泽诺维奇的一个犹太知识分子家庭。"二战"期间，父母亲均被纳粹杀害，策兰幸免于难。这种特殊的经历决定了他诗歌的主要基调。主要诗集有《罂粟与记忆》《无主的玫瑰》等。《死亡赋格曲》是他最有名的诗作，但他后期的作品更为晦涩、支离，几不可译。作为一个语言天才，策兰精通多种外语，也以翻译家名世。1970年4月，他跳入巴黎的塞纳河自杀。

（赵霞 译注）

# 地球日报

涅美洛夫[美]

每天又一叠,把关于老一套
社会秩序的罗曼司带到餐桌上的是 [1]
这份用华丽辞藻描写灾难的报纸。

大标题宣布模棱两可的预言,
舒服的老预言家们咕哝着厄运。
人类最大的智性快乐是 [2]
重复自己,然而这《地球日报》

持续向前滚动,而连环漫画中的一个个人物
延续着他们缓慢的没完没了的生活, [3]
超越一张张登报启事的照片:
一个个将结婚的姑娘,一个个已辞世的男人。

---

1. 写报纸老套、浮夸。

2. 讽刺人类的重复、不确定。

3. 没劲,没完没了的日常生活。

| 旁白:

一、报纸对新事物本应最敏感,但现在却是陈旧的、老套的。人类生活已丧失了信心。

二、用简洁的陈述句,概括性地描写了报纸。

三、讽刺。生活还是会继续没劲。

四、最后一句用对比性短语,写出生活的变化:新生和结局。

[霍华德·涅美洛夫]

(Howard Nemerov,1920—1991),出生于纽约并在那里长大,毕业于哈佛大学。"二战"时加入美国空军,在加拿大皇家基地做飞行员,战后任教于哈密尔顿学院和布兰代斯大学等校,1961年任华盛顿大学驻校诗人,直到去世。他是一位形式主义诗人,以素体诗见长。曾获普利策奖、全国图书奖和波林根奖,1988年受封美国桂冠诗人。

(张子清 译,桑克 注)

# 你追我捕

波帕 [塞尔维亚]

叼着别人的胳膊、大腿

或不管哪个部位

把它们衔在嘴里

赶快跑去

埋在土里 [1]


幸运者在洞里找到自己的胳膊

大腿,或不管哪个部位 [2]

现在,轮到他去咬别人

一场你追我捕的游戏进行得

生猛活泼 [3]


只要还有胳膊

---

1. 恐怖场景,恐怖得像一个寓言。或者说的就是寓言中的恐怖场景。这写的是动物,也写的是人。

2. 找到自己的身体部件,再把自己组装起来。

3. "你追我捕",既是残酷的,又是游戏的。

只要还有大腿

或不管哪个部位

游戏便继续下去 [4]


旁白:

《吕氏春秋》中有一则《割肉相啖》的寓言,说的是齐人好勇者相互抽刀割肉而相啖,至死方止。作者评论这件事:"勇若此不若不勇。"这听起来像一个无聊的玩笑。波帕的《你追我捕》同样写的是相互追逐咬嚼,同样是无意义,却写出了"你追我捕"的宿命特征(顺便说一句,《割肉相啖》写的是一种可怕的、无聊的生活风度,而波帕写的是现代社会人与人之间的关系)。这首诗的语言很简单,叙事明白,服务于寓言的手法正合适。


[瓦斯可·波帕]

(Vasko Popa, 1922—1991),1943年曾被关入集中营,1949年毕业于贝尔格莱德大学法律系。曾任出版社编辑,主要诗集有《恶皮》、《奈波钦的田野》等。曾获不少国内

---

4. 宿命。

国际文学奖,以他命名的诗歌奖是塞尔维亚最重要的诗歌奖项。波帕是塞尔维亚诗人中作品被翻译成外文最多的一个,其中英文译者之一是查尔斯·西密克。

(张香华 译,西川 注)

# 雪

博纳富瓦[法]

她来自比道路更遥远的地方,[1]
她触摸草原,花朵的赭石色,
凭这只用烟书写的手,
她通过寂静[2]战胜时间。

今夜有更多的光[3]
因为雪。
好像有树叶在门前燃烧,
而抱回的柴禾里有水珠滴落。

---

1. "她(雪)来自比道路更遥远的地方",这显然是对天空的有力暗示,同时,又把天空推向"更遥远的地方",因为天空本身包含遥远的极限。

2. 这里的"寂静",让人想象抹白一切世间沟坎的雪的大面积降临。它无边无际,覆盖大地,如同时间覆盖人生。"寂静"和"时间",分属一静一动,但静能制动。

3. "光"这个词,在博纳富瓦的诗和诗学中有着特别重要的意义。"今夜"指明时间的当下,也表明博纳富瓦对活生生在场的渴求。"今夜"、"光"、"雪"就这样串联起来:雪产生光,带来光,而光就在今夜诞生,也许也就在今夜消失。

旁白:

一、诗人写这首诗时,已六十九岁。这是诗人在诗艺和心智成熟之后从容写出的一首好诗。诗很短,仅八句,但大开大阖,收放自如,从想象的开阔到细节的当下:一种通透的简洁。

二、这首诗写"雪",但诗人并未将笔墨滞留在雪花纷飞的动人情景之上,而是飞掠而过,以概括一切的笔触,重写几笔,又轻写几笔,将语境勾勒出来。

三、这首诗的第二节洋溢着东方气息,有一种智性和灵性融为一体时的透明感。

四、最后两句,无一人出现,却活灵活现,如见其人,如闻其响动。

# [伊夫·博纳富瓦]

(Yves Bonnefoy, 1923— ),出生于图尔。年轻时曾同布勒东有过交往,后另觅诗径。是兰波开启了他的诗歌心智。他的诗歌沉稳结实,富于想象,简洁明晰,内含深度。在传统手法与求新求变之间,他显然偏于前者,似乎他内心悟到的东西已给了他足够的自信。现代生活的种种裂变尽管令他恐惧,但他选择的并非直接的对抗,而是凭借学者的耐心,以仔细的观看和热烈的沉思,守住自己生命的天地,修炼某种"处世的智慧"。

(树才 译注)

# 拿破仑

赫鲁伯〔捷〕


孩子们,波拿巴·拿破仑
是什么时候
出生的?教师问道。[1]

一千年前,孩子们说。
一百年前,孩子们说。
没有人知道。

孩子们,波拿巴·拿破仑
这一生
做了些什么?教师问道。

他赢得了一场战争,孩子们说。
他输了一场战争,孩子们说。
没有人知道。

---

1. 这首诗叙述的场景可能是在一堂小学历史课上,通篇采用简洁、干脆的白描手法,人物的对话不加引号,更显现出作者转述时不动声色的"零度情感"。

我们的卖肉人曾经有一条狗,

弗兰克[2]说,

它的名字叫拿破仑,

卖肉人经常打它,

那只狗

一年前

死于饥饿。


此刻所有的孩子都感到悲哀

为拿破仑。[3]


> 旁白:
>
> 一、赫鲁伯的诗歌风格和他的医学家身份有一定的关系,他的诗即使有极简主义的外壳,内部构造依然具

---

2. 弗兰克是非常普通的一个捷克名字,通常,诗歌中出现具体的名字要经过一些叙述铺垫加以烘托,但这里作者直接把一个普通小学生的名字"拎"了出来,有意制造转述时一种不假思索的率性,使白描的感觉更加强烈,也隐含像"弗兰克"这样的孩子比比皆是的意思。

3. 诗歌以这样"郑重"的语气结尾,表面上看,是一种"冷幽默"的效果,呈现出孩童们可爱的无知带来的无可奈何感,但其中我们可以隐约感觉"另有深意",如果我们把以入侵其他民族著称的"拿破仑"和捷克曾经遭受的侵略联系起来思考的话。

有严密、客观的逻辑。他不喜欢传统的"诗意的"修饰，主张诗歌须建立在简约、质朴的基础上，这些倾向在这首诗中体现得非常明显。

二、欧美读者普遍认为赫鲁伯的诗歌中有一种以黑色幽默似的日常冷喜剧消解历史重负的魅力，这其实是整个捷克文学的一个重要特点。这首诗以孩童们天真的无知来消解"拿破仑"所象征着的捷克所遭受的历史重创（奥匈帝国的统治、德军入侵、苏联的控制），这种手法不能不令人想起哈谢克《好兵帅克》的开篇，帅克把遇刺的奥匈帝国王储斐迪南误以为是他所认识的拾大粪的斐迪南。

三、这首诗对捷克小朋友们的描述着实可爱，可以和捷克导演扬·斯伐洛克的电影《青青校树》交相观摩。


[米洛斯拉夫·赫鲁伯]

(Miroslav Holub，1923—1998)，出生于西波西米亚的啤酒之都——皮尔森，是研究免疫学的著名医学家。"二战"后期在捷克先锋派的影响下开始写作，他身上有一种原始、粗糙的幽默和才智，容易被错误地认为是轻佻，这恰好是西方诗人所缺乏的。赫鲁伯的文学才能在捷克的社会主义时期曾被长期埋没，其声誉主要借助翻译在捷克境外获得，目前被公认为是 20 世纪下半叶欧洲最重要的诗人之一。

(崔卫平 译，胡续冬 注)

# 布鲁各的两只猴子[1]

辛博尔斯卡[波兰]

我不停梦见我的毕业考试:
窗台上坐着两只被铁链锁住的猴子,
窗外蓝天流动,
大海溅起浪花。

我正在考人类史:[2]
我结结巴巴,挣扎着。

一只猴子,眼睛盯着我,讽刺地听着,
另一只似乎在打瞌睡——
而当问题提出我无言以对时,
他提示我,
用叮当作响的轻柔铁链声。[3]

---

1. 布鲁各(Brueghel),大陆通译为布吕盖尔,16世纪弗兰德画家。《两只猴子》是他作于1562年的一幅油画,画中有两只猴子被铁链拴在窗台上。

2. 猿猴是人类的远祖,作者把梦中考试安排为"人类史",很巧妙地利用了这一常识,在人类的苦难和猴子的被缚之间建立了联想的桥梁。

3. 这一节生动无比,两只深谙人类苦难并对此不以为然的猴子顽皮地向"我"揭示出一个道理:人和它们一样,一直为铁链所束缚。

旁白：

一、这首诗出自辛博尔斯卡 1957 年出版的诗集《呼唤雪人》，这也是她第一部较为成熟、不与主流意识形态发生关联的诗集。雪人 (Yeti)，即传说中的喜马拉雅野人。这本诗集中很多作品都和猿猴有关，以之寓示人类的境况。

二、这首诗构置得十分巧妙，把梦想、对绘画的理解、童趣和对人类境遇的反思糅合在一起，诗的立意不是直接呈现，而是由猴子的戏剧性动作、神情暗示出来，达到了寓沉重于轻快的效果。

三、辛博尔斯卡的艺术造诣很深，很多作品都与对绘画、对音乐的独特感受有关。

[维斯拉瓦·辛博尔斯卡]

(Wisława Szymborska，1923—2012)，出生于波兹南省的布宁村。早年在克拉科夫的雅盖沃大学攻读波兰哲学和社会学。1952 年出版第一部个人诗集《我们为何活着》，这部诗集和《向自己提的问题》等早期作品富于政治性，后期作品《呼唤雪人》、《盐》、《一百个欣慰》和《大数目字》等更为哲学化及女权化。她是"二战"以来最受欢迎的波兰诗人之一，1996 年获诺贝尔文学奖。

(陈黎、张芬龄 译，胡续冬 注)

# 长 城

吕瑟贝尔[荷]

秦始皇帝(奥古斯都)[1]

他流放文人焚烧他们的书籍

他被星座吓得发抖,下令

"毁灭蛮子的土地,在皇土周围

建造一座万里长城"[2]


有一天,狄令离开了他年轻的老婆

去找大木头以备又一个寒冬

回到家背着千枝万杈气喘吁吁

却发现兵卒们在烧毁的房顶上舞蹈[3]


蒙恬将军率兵三十万

---

1. 括号里的奥古斯都指古罗马第一位皇帝。作者在此并未指出秦始皇即奥古斯都,但暗示了后者的存在,使秦始皇具有了世界意义,或秦始皇可以作为一个暴君的理念,在中国表现为秦始皇,在古罗马表现为奥古斯都。

2. 被"星座吓得发抖"比被蛮子吓得发抖具有多得多的天命色彩。

3. 狄令不是某位历史人物,而是普通百姓的化身。这一节插入的是一个日常生活场景,与上一节看来没有关系,但却是诗歌的题外扩展。本节第四行既是对秦始皇暴政的补充描写,又是诗人想象力的挥洒。

打败了蛮子建造起长城[4]

秦代第一人隔着高大的窗户颔首微笑[5]

他从不会想到自己的皇宫将如此迅速地

覆灭[6]

> 旁白:
>
> 吕瑟贝尔的诗以实验性著称。这首诗虽然以古代中国为想象主题,但写法上却有一定的实验性。第二节作为一个插入成分与第一、三节只有松散的关联。它一下子打开了诗歌的空间,使第一节中"下令"到第三节中"建造"和"覆灭"有了跨度。这首诗的一个特色在于历史事件与历史(虚构)细节并置,它开阔了我们书写历史的思路。

---

4. 历史。语言对历史的不动声色的强力压缩。

5. 想象中的历史细节,与前面两行形成巨大反差。

6. 个人,无论其个人权力有多大,他都是历史中的一只小虫。人算抗不过天算,暴政的脆弱。

[吕瑟贝尔]

(Lucebert, 1924—1994), 本名 Lubertus Jacobus Swaanswijk, 出生于阿姆斯特丹。荷兰实验派诗歌最有影响的诗人, 被称为"50年代诗人群的皇帝"。他的诗歌体现了"震荡"效果。反对理性和抽象的艺术。他的诗歌主题涉及面很广, 抨击社会生活中的非正义、谎言和虚伪, 反对任何既定秩序。吕瑟贝尔也是国际知名画家, 并在八本书里将诗歌和绘画结合起来。

(马高明、柯雷 译, 西川 注)

# 永久的

柯克[美]

一天,名词们在街上聚会
一个形容词走过来,有着她那黑色的美丽。
名词们都受震惊,感动,发生变化,[1]
第二天一个动词开车来,创造了句子。

每一句说一件事——譬如"虽然是一个阴霾的
雨天,当形容词走过来时,我将铭记她脸上
那纯洁甜蜜的表情,直到我从
绿色和有力的大地死去,毁灭。"[2]

或者,"安德鲁,能请你关上窗户吗?"
或者,例如:"谢谢,那窗槛上粉红色的花
最近变成淡黄色,这都是附近锅炉房的热汽。"[3]
在春天时句子们和名词们静卧在草地上,

---

1. 美丽的女子(此处是黑美人)是推动社会前进的动力。

2. 男人的誓言有时也美艳无比。

3. 男人和女人的平凡生活,从侧面说明爱情的美好。

这里,那里,一个寂寞的联结词说"和、但是"。
但是形容词没有出现
因为形容词迷失在句子里,
我也迷失在你的眼睛、耳朵、鼻子、喉咙里。
你用一个单一的吻迷惑了我,
那个吻永远不能抹去
直至语言毁灭之日。[4]

> 旁白:
>
> 一、《永久的》这个标题比起《爱你一万年》这类情歌要真诚许多,容易教人想起古希腊圣贤贺拉斯所说的"歌者多说谎"。
>
> 二、这是一首通过语法分析和词性的拼贴写成的爱情诗,可谓妙趣横生。
>
> 三、对注者来说,十多年过去了,这首诗读来依然像当初那样新鲜。

[肯尼斯·柯克]

(Kenneth Koch,1925—2002),纽约派诗人。出生于俄亥

---

4. 用幽默的语调代替了海誓山盟。

俄州的辛辛那提,曾就读于哈佛大学,"二战"期间在陆军服役,后在哥伦比亚大学获得博士学位,并出任该校教授。他的早期诗歌和阿什伯里一样受现代主义绘画影响,反主题,诗中片段、恍惚的表现手法与印象派绘画相似,他本人也与波洛克、德·库宁等画家关系密切。20世纪70年代因从事儿童诗教育而闻名全美,这首《永久的》也显得明亮、抒情和幽默。

(郑敏 译,蔡天新 注)

# 声 音

雅各泰 [法]

谁在那儿歌唱,当万籁俱寂?谁,

用这纯粹、哑默的声音,唱着一支如此美妙的歌?

莫非他在城外,在罗班松,在一座

覆满积雪的公园里?或者他就在身边,

某个人没意识到有人在听?[1]

让我们别那么急着想知道他,[2]

因为白昼并没有特意让这只

看不见的鸟走在前头。但是

我们得安静。[3]一个声音升起来了,像一股三月的

风把力量带给衰老的树林,这声音向我们飘来,

没有眼泪,更多的是笑对死亡。

谁在那儿歌唱,当我们的灯熄灭?

---

1. 一连串的设问,一连串的声音。声音正是因为设问才发出来。一连串的设问发出一连串的声音,这一切都发生在内心,所以又是一连串的内心的声音。内心写得紧张而活泼。

2. 经受了这样的逼问语气的紧张,诗人一下子让我们缓解下来:"让我们别那么急着想知道他。"但我们又怎么能不去猜想"在那儿歌唱"的"他"呢?

3. 整首诗的诗眼出现了——"我们得安静。"在安静中,诗人同时听见了来自内心的和外部世界的声音!

没有人知道。[4] 只有那颗心能听见——

那颗既不想占有也不追求胜利的心。

旁白：

一、诗贵暗示，忌直白。此道中外相通，古今共用。影响深远的法国象征主义诗歌，除执著于流动的音乐，还苦苦探求神妙的暗示。

二、在这首诗中，在诗人沉浸的"安静"中，内和外是通透的，是同一，因为不光是耳朵在听，更是心。只有我们的"心"，才能听见所有这些来自大自然和人类内心的声音。

三、作诗的关键之一，就是诗人个体的敏感性——这是独特感受力的源头。一切诗的独特性，首先是个体的体验性，途经诗艺的复杂性，最终成全词语的表现性。

四、而"暗示"之道，最能把表现性推向极致。倏然之间，你已豁然开朗，这是何等强烈的诗意效果！

---

4.这首诗始终未明指"他"是谁。但人们隐约察知，只有死亡之神才会那么无所不在地"歌唱"——因为死亡之神同时也是生命之神。

[菲利普·雅各泰]

(Philippe Jaccottet, 1925— ),出生于瑞士穆唐。1953年同一位法国画家成婚,从巴黎迁到格里尼昂小镇定居,自此过起隐士生活。他的诗凸现了当代法语诗歌的重要侧面:简洁、内敛、幽秘。简洁,指他不事铺张的文字运用。内敛,隐居就是那内敛所需的生活方式。幽秘,指他的心灵,他的诗歌世界的氛围。凭借个性的敏感——永不枯竭的灵感源泉,他用扎实、清亮的词汇,勾画出了一幅幅生动的心灵图景。

(树才 译注)

# 缺 席

詹宁斯［英］

我去了我们最后一次见面的地方。[1]
什么也没改变,花园照管得很好,
喷泉喷射着它们惯常的稳定的水流;
没有迹象表明某事已经结束,
也没有什么教我学会忘记。

一些愚笨的鸟儿从树里面蹿出来,
唱着我无法分享的欢喜,
在我的思想里玩弄诡计。当然这些
欢乐里不可能有要忍受的痛苦,
也没有任何不和谐颤动这平静的风。

只因这个地方还和从前一样,
使得你的缺席像是一股残忍的力量,[2]
因为在这所有的温柔之下

---

1. 独特的诗歌场景的截取:女诗人独自重访与情人最后一次见面的地方,这一举动本身即蕴含一种伤感的诗意。

2. 故地重游,物是人非,在克制平静的语调之下,掩藏的是深深的失落与伤感。

一场地震的战栗来临：喷泉，鸟儿和青草
因我想起你的名字而颤抖。[3]



| 旁白：

一、个人情感是詹宁斯诗歌的一个重要主题。这首情诗非常细腻感性，意象微妙而大胆，在淡淡的抒情意蕴中暗含一种隐秘的激情与未知的神秘色彩。

二、清新自然的诗风，含蓄内敛的情感，以及活泼的心灵涌动，使詹宁斯的诗歌打上了深深的女性烙印。她尤其善于从心灵的感悟出发，以独特的视角来观察世界，追求自然外物与自我主体的交融。此诗即为物我合一、情景交融的典范之作。

三、詹宁斯的诗歌主题常聚焦于个人经验，写童年、宗教、爱情、艺术、精神疾病、去过的地方、人与人之间的关系……都是从她自己的经验出发，个人历史深深地影响着她的写作，但她不是一个自传体诗人，也有别于自白派诗人疯狂的裸裎。她书写个人经验，反射的却是人们共通的感受；她敏感真挚，情感却不失控，这也是运动派诗人的共同特点。灵魂上的危机

---

3. 诗歌结尾颇有巧思，物我合一，小心翼翼抑制着的情感最后终于在想象中无声地爆发，有着极大的冲击力。

与救赎似乎是她一生归属宗教信仰借以消解情感和精神危机的根源,而诗歌,成为她与自然世界及心灵世界交流的方式。

## [伊丽莎白·詹宁斯]

(Elizabeth Jennings,1926—2001),英国女诗人。出生于林肯郡,六岁随父母迁居牛津,并在那里度过一生。从圣安妮学院毕业后,曾就职于广告业和图书馆。20世纪中叶与菲利普·拉金、金斯利·艾米斯、汤姆·冈等成为战后诗歌流派"运动派"成员,为20世纪英国最受欢迎的诗人之一。出版有《打量的方式》、《世界的感觉》和《诗全集》等二十多部诗集和评论集。她的诗以清晰明快、善于深思、富于逻辑著称,她认为"写诗就是追求一种秩序","只有真正的清晰才能到达人类及超越人类的理解高度和深度"。

(舒丹丹 译注)

# 诗

奥哈拉[美]

拉娜·特纳倒下了![1]

我正沿街快步走突然

开始下起雨夹雪

你说这是在下雹子

可是下雹子时脑袋

会打痛所以的确是

在下雨雪我如此匆忙

赶来见你可是车辆

简直跟这雨雪一样

突然我看见一条标题[2]

拉娜·特纳倒下了!

好莱坞可没有雪

加州也没下雨[3]

---

1. 拉娜·特纳,美国好莱坞女星,美艳,多绯闻。"倒下"(collapse),英文原意有"崩溃"和"病倒"的意思。

2. 诗人是从街头的一张报纸上得到拉娜·特纳病倒的消息。

3. 好莱坞在洛杉矶,位于加州。而诗人此刻在纽约。

我参加过各种宴会

举止真是丢尽了脸

可我从来没倒下过

哦拉娜·特纳我们盼你起来

旁白：

一、在奥哈拉的诗集中，有很多首诗标题都是署名为"诗"，这些诗大都带有即兴性。据他的朋友回忆，他很多诗都是在办公室里挤时间匆匆写下的，然后就随手扔在那里，直到死后，才被整理出版。

二、这首诗的特点与阿什贝利的迥异：是非沉思性的，感觉的，随意性的。当行走在纽约的街道上，诗人突然看到报上的一条消息，于是写成了这首诗。诗的语气转换迅速，带有即兴的成分。下雨雪还是下雹子的争论亲切而饶有意味，渲染出环境的真实可感。诗的内容和节奏有些像 RAP，饶舌、率真而自然。

三、注意诗中的"你"。前面的你是诗人赶去见面的朋友，最后一行的则是对拉娜·特纳而言（似乎诗人并不担心或没有留意到这样会造成诗意上的混淆）。"你"的使用使得全诗的口气自然、轻松而亲切。

## [弗兰克·奥哈拉]

(Frank O'hara, 1926—1966), 出生于巴尔的摩, 参加过海军, 就读于哈佛, 后来定居纽约, 曾任纽约现代艺术馆馆长。和阿什贝利同为纽约派诗人, 但诗风不同。他常常以日常琐事入诗, 杂以幽默和即兴成分。他是当时艺术圈子里的中心人物, 过着无拘无束的生活。在他创作力旺盛时, 不幸在长岛海边被汽车撞死。他的诗常常是在不经意间写下的, 生前发表的并不多, 大部分作品是在他死后经朋友们收集整理出的。

(赵毅衡 译, 张曙光 注)

# 几棵树

阿什贝利[美]

这些真惊人,每棵
都与邻树结紧,似乎言语
是一种静止的表演。[1]
或许是机缘巧合

我们在今晨相会
远离世界,似乎
有默契,你和我
突然变成这些树[2]

想把我们说成的那样:
说是他们存在于此,这事
本身说明问题,说是不久
我们就能抚摸、相爱、解释。

---

1. 树不说话,互相之间却有着某种内在联系。

2. 在诗行中引入了"你和我"——由于某种机缘相遇,就像是这些树。

高兴的是我们从未发明

如此秀色,我们被包围:

一种充满喧声的寂静,

一幅油画,上面冒出


一部微笑的合唱,一个冬晨。

我们的岁月放在费解的光中,

走着,裹在这样的缄默[3]之内

似乎用这些话音就能自卫。


| 旁白:

一、写树,又由树到人,最后人和树难分彼此。

二、几乎没有外在的描摹,而是深入到事物的本质中去,着重于事(人)物间的某些隐秘的联系。

三、这首诗是联想的、流动的,同以往的咏物抒情全然不同。在这首十分迷人的作品中,我们或许可以感知到阿什贝利特有的沉思冥想的气质。

---

3. 又回到了"缄默"。但这种"缄默"中却充满了意蕴。

# [约翰·阿什贝利]

(John Ashbery, 1927—    ),出生于纽约州的罗彻斯特农场,就学于哈佛,曾在法国居住十年,为杂志撰写艺术评论稿件,受到超现实主义的影响。阿什贝利早期的诗集《几棵树》被列入耶鲁青年诗人丛书,由奥顿作序。他继承了斯蒂文斯的一些特点,在语境间不断转换跳跃,使作品有些像拼贴画,出乎意料的句子和目不暇接的形象令人眼花缭乱,然而迷人。他的诗歌据称十分晦涩难懂,但仍不无线索可寻。

(赵毅衡 译,张曙光 注)

# 令人畏惧

格拉斯 [德]


在林中大声喊。
蘑菇和童话[1]
把我们追赶。

每一颗块茎,都萌生出更年幼的惊恐。
还在自己的菌盖下,
然而这一圈圈畏缩的漏斗
全都已装得扑满。

总是有谁,来过这里。
损毁的床——那可曾是我?我的前任
真是什么都不留下。

我们辨别:美味的,
不能吃的,和有毒的蘑菇。

---

1.蘑菇不会跑,童话更不是一样切实存在的物品,但正因为有这样的措辞上的"无羁",诗才成为诗(而不是《故事会》里的情节读物)。

好多蘑菇的内行,早早死去

留下的,是左搜右集的摘记。


乳菇,羊肚菌,喇叭菌。


和索菲一起,我们走入蘑菇林。

那是在拿破仑,往俄国行进的时候。[2]

我丢失了我的眼镜

还使过一下拇指[3]

她,则接二连三地寻有所获。


| 旁白:

一、此诗为格拉斯插图组诗单行本《和索菲一起走入

蘑菇林》中的第一首(书中插图亦由作者所绘)。

二、《和索菲一起走入蘑菇林》中的插图大多以蘑菇

为题材,且这些蘑菇被描绘得使人容易联想到人类性

器官——这几乎也是格拉斯作品特色之一:对"性"不

---

2. 指1812年俄国卫国战争(俄国人烧毁了自己的首都,使它不至于落入法军之手)。

3. "丢失眼镜"和"使过拇指"这两件事都被一笔带过而未加任何解释,这样就给读者留下了想象的空间,也使诗中气氛更为诡秘。

加避讳。书中第三首《分分工》即大胆地描写了男欢女爱。据此，或许"使过拇指"也与性爱有关。

三、格拉斯常在充满意趣的一般性叙事中夹带对重大历史事件的关注——这种偏好在他的小说(如《猫与鼠》)和诗中都有所体现。

## [君特·格拉斯]

(Guenter Grass，1927—　)，出生于但泽(今波兰境内)。凭着长篇小说《铁皮鼓》获得1999年度诺贝尔文学奖。做过军人、农业工人、矿工、爵士音乐师，学习过雕塑和绘画。除小说外，他的诗歌也有一定影响，出版过多部诗集。他的诗作富于幻想和夸张色彩，意境鲜明而奇特，充满激情，并带有寓意。

(赵霞 译注)

# 门 [1]

默温〔美〕

这地方可能是一扇门的空间

我就站在这里

站在光亮中所有的墙壁之外

这里将出现一个影子

整天都存在

其中有一扇门

开在我现今站立的地方 [2]

我走后很久

会有人来敲门

敲这空气

---

1. "门"的特殊性在于,它既是进口,又是出口,恰好可以作为生死转换之间的象征物。

2. 在我现今站立的地方,将出现一扇门,符合"存在"从"虚无"中诞生的道理。但耐人寻味的是,那时,现实的我已成了过去,亦即由"存在"转为"虚无"。

而另有一个生活 [3]

将为我把门敞开

| 旁白:
| 这是一首玄学味很浓的诗歌,触及的也是永恒的主题,
| 但让人不觉得抽象和枯燥的是,作者选取了一个具体
| 的"物"——"门"来承载思考的内容。

## [W·S·默温]

(W. S. Merwin, 1927— ),出生于纽约。毕业于普林斯顿大学。曾在法国、葡萄牙和西班牙的马略尔卡岛做过家庭教师。担任过英国BBC电台的翻译。他的早期诗歌注重传统形式,从远古的神话和传说中汲取资源,运用白描和铺陈等手段抒发情感;后期转向超现实主义风格,语言朴素、诗行简练,把虚无、死亡、存在和时间等主题糅合在一些非逻辑的词句中,表现出独具的匠心。1970年获普利策诗歌奖。

(汪剑钊 译注)

---

3. 跨过死亡之门,里面究竟有什么?这问题在古希腊就被提出,但迄今没有答案,因为去了那里的人从来不曾回来。

# 思想-狐狸 [1]

休斯 [英]

我想象子夜时分的森林：
某种别的东西活动
在挂钟的孤寂
和我手指移动的空白页旁。

窗外不见一丝星光：
某种别的东西移近
在黑暗之中更深地
潜入那一片孤寂。

冰凉如同夜幕中的积雪
狐鼻嗅闻着树叶；
两眼凝视一个瞬间，现在，
还是现在，现在，现在 [2]

---

1. "思想"与"狐狸"被一个"—"纠结在一起，让我们看看，作者怎样做这盘菜，或者说，怎样圆这个场。

2. 连用四个"现在"，有很大的冒险性，但也显露了诗人高超的技艺和相匹配的自信。

清晰的足印遗留在雪地上，
树林里，一只狐狸机敏地
在躯体的残桩和洞穴里
隐匿踪迹，而躯体缓慢地

越过空地，一只眼睛
闪烁着幽邃的绿光，
晶亮灿烂，全神贯注地
忙碌着自己的事情

直到，突然一阵浓烈的
狐臭进入头脑的黑洞。[3]
窗子依然漆黑；挂钟滴答响。
空白页已印满文字。[4]

| 旁白：
| 一、狐狸充满了好奇心，并且疑虑重重，进入休斯的
| 笔下，却成了现代缪斯的化身。

---

3. 一系列狐狸的活动，与思想的运转十分相似，"菜"快熟了，"场"也快圆了。

4. 不动声色，像狐狸一样轻盈而平稳，一首诗的诞生就这么奇妙。

二、写动物诗,不仅要有细致的观察,而且应有唤起形象的能力。

(汪剑钊 译注)

# 风

休斯[英]

整整一夜,这所房子远远地飘浮海上,[1]
树木在黑暗中崩裂,群山在轰轰作响,
风大步踏过窗子下面的田野,
推开黑暗和炫目的夜露踉跄向前,

直到白昼降临;这时橘色天空下
群山面目一新,风舞弄着
刀片似的光,黑亮萤绿的光,[2]
像一只疯眼的晶体屈曲着。[3]

晌午我从宅边擦着身走过去
一直到煤房门口。有一次我抬头张望——
穿过那股使我眼球凹进去的烈风,

---

1. 这句实际上是一个比喻,诗人把黑夜间被风吹刮的原野,比喻成波涛汹涌的大海。

2. 两种光都是指大风吹刮时,阳光下,绿色群山上起伏的植物所产生的大片光亮。

3. "像一只疯眼的晶体屈曲着",这句有些费解,实际上,诗人还是比喻群山被烈风刮过时,其表层植物产生的起伏、回旋的形态与景观。

山上的帐篷呼隆隆叫着,它的拉绳绷得紧紧的,

田野在颤栗,天边做着怪脸,⁴
帐篷随时都会嘭一声一下消失:
风把一只鹊扔得远远的,一只黑背鸥
像一枝铁杆慢慢弯曲下来。屋子

哗啦啦响着像精致的绿色高脚杯,
风随时都会把它们粉碎。这时
人在椅子里坐稳,面对着旺火,
心头紧紧的,看不下书,不能思考,

也不能说笑。我们望着熊熊的柴火,
觉得房基在动摇,但依然坐着,
看着窗户摇晃着往里倾倒,
听见地平线下面的石头在呼叫。⁵

---

4. 此处指风起云涌的天空景象,"怪脸"为云的聚散组合之状。

5. 风之剧烈,仿佛能把地平线下面的石头挖出来。

旁白：

一、在这首诗中，诗人采用了一系列逼真的细节描绘，比如"那股使我眼球凹进去的烈风"，"一只黑背鸥，像一枝铁杆慢慢弯曲下来"等，将大风的猛烈气势刻画得淋漓尽致。阅读此诗，仿佛我们也立刻置身于自然界壮观而暴戾的景象之中，并感受到"心头紧紧的"。

二、读休斯笔下的烈风刮过的景象，能够调动我们的各种感官，听觉的、视觉的，甚至幻觉的。大风就像一个巨人，扫荡原野，而人类和自然的紧张又平衡的关系，在这首诗中也得到了很好的展现。

三、这首诗代表了休斯诗歌的一贯风格，粗犷、简括、紧张、富有气势，充满张力。难怪美国诗人罗伯特·洛威尔说休斯的诗像"霹雳"。

[特德·休斯]

(Ted Hughes，1930—1998)，出生于约克郡。自1957年出版第一部诗集《雨中鹰》，就引起了注意。他对莎士比亚也有研究，还写儿童诗。休斯善于用有力的笔触、愤激的情绪表现自然界、生物界和人世间的力量与抗争，尤以写猛禽凶兽的动物诗著称。1985年，休斯成为英国桂冠诗人，与菲利普·拉金一起，被公认为第二次世界大战之后,英国最重要的两位诗人。

(袁可嘉 译,周瓒 注)

# 仲夏(之四)

沃尔科特[圣卢西亚]

仲夏打着猫的呵欠在我身旁伸着懒腰。[1]
唇片上沾满灰尘的树木,在它的熔炉里渐渐熔化
的轿车。炎热使得流浪的杂种狗踉跄而行。
议会大厦被重新漆成了玫瑰色,而环绕
伍德弗德广场的围栏仍是正在锈去的血的颜色。
卡萨罗萨达,[2] 阿根廷的心境,
在阳台上浅吟低唱。单调的火红色灌木林
用中国杂货店上空鸟状的表意文字
拭刷着潮湿的云层。烤箱般的巷道令人窒息。
在拜尔蒙,忧伤的裁缝们盯着破旧的缝纫机,
将六月和七月紧密无隙地缝合在一起。[3]
人们等待仲夏的闪电就像全副武装的哨兵

---

1. 作者把仲夏比喻成打着呵欠、伸着懒腰的猫,其慵倦、颓萎、窒闷的气息跃然纸上。

2. 此处为西班牙文 Casa Rosada,意为"玫瑰色的房子",既是一首歌名,也与诗中所状风物相应和。

3. 这个比喻极其取巧,一方面把闷热状态下人们呆滞、昏聩的劳作体现了出来,另一方面,暗指了仲夏的漫长,月份的区别被同样延续的热混淆在一起。

在倦怠中等待来复枪震耳的枪声。

而我是被它的灰尘、它的平淡,

被给它的流放填满恐惧的信心,

被黄昏时分带着蒙尘的橘色光辉的山峦,

甚至被臭气熏天的港口上空

像警车灯一样转动的领航灯所养大。至少,

惊骇是本地特有的。像木莲花的淫荡的气息。

整个夜晚,一场革命的吠叫像哭号的饿狼。

月亮闪得像一颗丢失的纽扣。

码头上黄色的钠的光芒随后登场。

在街上,在昏暗的窗户下,碗碟碰得叮当作响。

夜晚是友善的,未来像明天任何一个地方

的太阳一样凶狠毒辣。我能够理解

博尔赫斯对布宜诺斯艾利斯盲目的爱:

一个人怎样去感受在他手中膨胀的城市的街道。[4]

---

4. 阿根廷诗人博尔赫斯的第一本诗集名为《布宜诺斯艾利斯的热情》,他终生保持了对他所生活的城市布宜诺斯艾利斯的热爱。这句诗嵌套了博尔赫斯诗集的名称,借博尔赫斯对出生地的热爱来指涉作者自己对加勒比地区的情感。里面的"盲目"是双关语,一是指人对出生地的无来由的挚爱,另外也暗指博尔赫斯中年之后的失明。

旁白:

一、《仲夏》是作者在一个夏天回故乡加勒比地区度假时以每两天一首的频率写下的一组诗的汇编,这些诗簇拥在一起,虽然强烈地记录了作者对一个闷热的仲夏、对故乡、对人生中途("中年"与"仲夏"相对应)的复杂而完整感受,但相互之间的独立性较强,因而可以在这里拆分一首出来把玩。

二、沃尔科特的诗歌风格以繁复的"地毯编织术"而著称,隐喻衍生隐喻、互文嵌套互文,不放过任何一个通过修辞的机智延伸把可能的联想空间拖曳出来的机会。从这首诗的行文可以大致领会到这一点。

[德里克·沃尔科特]

(Derek Walcott, 1930— ),加勒比海地区的诗人、剧作家。出生于圣卢西亚的一个多民族、多肤色混血家庭,在牙买加完成大学学业,后去美国从事戏剧工作。近年来一直在大学执教。沃尔科特被认为是"加勒比的荷马",他的长诗《奥梅诺斯》被看作是当代最重要的史诗之一。1992年,由于他的作品"具有伟大的光彩、历史的视野,是献身多种文化的结果",获得了诺贝尔文学奖。

(胡续冬 译注)

# 祖 国

阿多尼斯 [叙利亚]

为那在忧愁的面具下干枯的脸庞 [1]
我折腰;为我忘了为之洒落泪水的小径
为那像云彩一样绿色地死去 [2]
脸上还张着风帆的父亲
我折腰;为被出卖、
在祷告、在擦皮鞋的孩子
(在我的国家,我们都祷告,都擦皮鞋) [3]
为那块我忍着饥馑
刻下"它是我眼皮下滚动的雨和闪电"的岩石 [4]
为我颠沛失落中把它的土揣在怀里的家园
我折腰——
所有这一切,才是我的祖国,而不是大马士革。

---

1. "忧愁"、"干枯":首行中的这两个形容词,为全诗的情感氛围定下了基调。

2. 阿拉伯民族认为绿色是吉祥之色,"绿色地死去"含"寿终正寝"之意。

3. 此句,表明祖国同胞的共性:都虔信宗教,都在贫困中辛劳糊口。

4. 岩石,而化为"眼皮下滚动的雨和闪电",使得虚与实、轻与重在变换中获得平衡,全诗也因而灵动起来。

| 旁白:

一、全诗感情层层递进,语气急缓有致,末句点明主旨后戛然而止,留下悲怆的回味。

二、诗人为之折腰的,是一个人文的、自然的、情感的、深藏于记忆中的祖国。将诗人与祖国紧联的,恰恰是祖国的苦难,正如诗人曾言:"我的祖国和我/身披同一具枷锁,/我如何能同祖国分开?/我如何能不爱祖国?"

三、出生在一个穷困、专制国家的诗人,如何看待自己的祖国?阿多尼斯借此诗给出了一个感人至深的答案。

四、《祖国》选自1961年出版的诗集《大马士革的米赫亚尔之歌》。阿多尼斯于1980年首次访华,近年多次访华。曾获多种国际大奖,包括中坤诗歌奖和金藏羚羊奖,也是诺贝尔文学奖的热门人选。

## [阿多尼斯]

(Adonis,1930— ),原名阿里·艾哈迈德·萨义德·伊斯伯尔,出生于叙利亚拉塔基亚省海滨,1956年移居黎巴嫩,开始文学生涯。1986年起定居巴黎,拥有法、黎双重国籍,但他更愿被称为叙利亚或阿拉伯诗人。在迄今半个多世纪的创作生涯中,阿多尼斯涉猎广泛,成果丰硕。其诗作思想厚重,大气磅礴,往往呈现出"剥离了神灵的神秘主义色彩"。评论家认为,阿多尼斯对阿拉伯诗歌的影响,可以同庞德或艾略特对于英语诗歌的影响相提并论。他的中文版诗选《我的孤独是一座花园》已重印十多次,是近年最受中国读者欢迎的外国诗人之一。

(薛庆国 译注)

# 林间空地

特朗斯特罗默 [瑞典]

森林里有一块迷路时才能找到的空地。

空地被自我窒息的森林裹着。黑色树干披着地衣灰色的胡茬。缠在一起的树木一直干枯到树梢,只有若干绿枝在那里抚弄着阳光。地上:影子哺乳着影子,沼泽在生长。

但开阔地里的草苍翠欲滴,生机勃勃。这里有许多像是有人故意安放的大石头。它们一定是房基,也许我猜错了。谁在此生活过?没人能回答。他们的名字存放在某个无人查阅的档案里(只有档案永远青春不朽)。口述的传统已经绝迹,记忆跟随着死去。吉卜赛人能记,会写的人能忘。记录,遗忘。

农舍响着话音。这是世界的中心。但住户已经死去或正在搬迁,事件表终止了延续。它已荒废多年。农舍变成了一座狮身人面像。最后除了基石,一切荡然无存。

从某种意义上说我到过这里,但现在我必须离去。我潜入灌木林。我只有像象棋里的马一样纵横跳跃才能向前移动。[1]不一会儿森林稀疏亮堂起来。脚步放宽起来。一条小路悄悄向我走来。[2]我回到了交通网上。[3]

哼着歌曲的电线杆子上坐着一只晒太阳的甲虫。翅膀收在闪光的盾牌后,精巧,像专家包打的降落伞。

### 旁白:

一、在德国作家君特·格拉斯同样描写树林的诗《令人畏惧》中,也有过类似的困惑:"总是有谁,来过这里。/损毁的床——那可曾是我?"

---

1. 前文写过:森林"自我窒息",可见其茂密的程度。正因如此,"我"无法在密集的树根间落脚,不得不"纵横跳跃",见缝插针,才能前行。联想到象棋中的马,便尤其传神。

2. 不是"我"接近小路,而是小路向"我"走来。类似的手法在作者其他诗里也有所运用,如《缓慢的音乐》中:"从波浪中慢慢向后迁移而出的石头"(董继平译)。

3. 此诗描写的"森林"可能并不算太大,位置可能也不算偏僻。在许多欧洲城市,常有山坡、树林坐落于城市中央或者近郊,环绕在山坡、树林之外的,往往径直就是车辆不断穿梭的车道或公路。

二、喜爱描写自然的特朗斯特罗默好像对"林间空地"格外着迷,他在许多作品中反复过这个主题,如《皮毛斑驳的十一月》中,"雾蒙蒙的空间在那相互／轻柔地发出和声的深深树林里"(董继平译)。

三、特朗斯特罗默不止一次用过"降落伞"这个意象,在他的名作《序曲》中,诗人写到:"醒悟是梦中往外跳伞／摆脱令人窒息的漩涡／漫游者向早晨绿色的地带降落。"

(李笠 译,赵霞 注)

# 黑色的山

特朗斯特罗默[瑞典]

汽车驶入下一道盘山公路,摆脱了
山的寒冷的影子,朝着太阳呼叫着向山上爬去。[1]
我们在车内拥挤。独裁者的半身像也被挤在
报纸里面。[2]一只酒瓶从一张张嘴边传过。
死亡和胎记[3]以不同的速度在大家的体内生长。
山顶上,蓝色的海追赶着天空。[4]

> 旁白:
>
> 一、诗的内容始终限定在一种特定的情境中,因而是内敛的;似乎在不经意间赋予了一些普通事物和生活细节以象征意义、这样又使它的意义向外辐射。

---

1. "下一道盘山公路"暗指旅途的漫长而艰辛。"山的寒冷的影子"和"太阳"都有象征意味。

2. 指独裁者印在报上的照片。"独裁者的半身像也被挤在／报纸里面",这里的"挤"是由前面汽车中的"挤"生发而来,诗思缜密。

3. 胎记喻指新生或生命,与死亡的意象形成对立。

4. 既是写实(车驶入盘山道的下段),也是象征(对自由的渴望和追求)。

二、整首诗是描述性的，没有任何议论，却通过精心选择（使人看上去却似漫不经意）的形象和细节展示出更多内容。

三、在车内的封闭空间内似乎包容了一个现代社会，这取决于诗中的每个细节都处理得准确、巧妙。

[托马斯·特朗斯特罗默]

(Tomas Transtromer, 1931— )，出生于斯德哥尔摩，曾获得心理学学位。1954年发表了处女作《十七首诗》，引起了诗坛的关注。四年后，诗集《途中的秘密》问世，特朗斯特罗默成为瑞典颇具影响的诗人。他的诗简练、优美，富于哲理。他长于隐喻，往往从日常小事中引发出人生思考，并善于营造超现实主义气氛。诗人曾两次访问中国，2011年，获得诺贝尔文学奖。

(李笠 译，张曙光 注)

# 忆往昔[1]

蒂·乔治[乌拉圭]

有一次,安娜[2]来了。湿漉漉的安娜。那是一个美好的下午,一群苍鹭闪耀如炭火,在天空折射。就在那会,安娜来了。黝黑的皮肤,如火的热情,柔软的身材。宣称放弃了世界,她使它消失不见。我想起我的家,又远又小;下午,我们要去卖康乃馨;夜晚,是萤火虫。早晨,母亲想多睡会,她一醒来,便开始照料康乃馨。我用双手蒙住脸,虚弱无力。

直到安娜打好一支发辫离开。

那群苍鹭散了,半睡眠的状态。我开始在路上奔走。当我返回家中,已是黄昏时分。母亲站在那里,和往常一样穿着白色的长裤,在出售第一批萤火虫和最后的康乃馨。

---

1. 这个标题原属于第一首,这里把其余三首无题或异题的也纳入其中。这有可能是诗人的作品首次译成中文。

2. 安娜是谁?诗人没有交代,也不会交代。安娜可能是她的妹妹、她故乡的朋友,或者任何一个读者身边的人。

\*\*\*\*\*\*

当我³生下来,母亲便以为我是一只蝴蝶。那枚厚厚的别针,⁴是她预先准备好的,或从形状奇特的衣柜里取下的。她如此轻巧地穿过我,我活了下来。她把我别在木板上,像她的那些美丽的明信片。后来,我张开翅膀并改变了颜色,变浅蓝和粉红,我甚至有了银色或金色的线条,配以相宜的黑点。我的触角像一根根丝线,通向花园里玫瑰的香味,茉莉和杜鹃花,以及露水的珍珠。可是,母亲依然看着我,无论她在厨房里弄那些蚕豆和刀,在菜园子里,或是在祭坛旁与我父亲和她的姐妹们一起。

她从未把眼睛从蝴蝶女儿身上移开。也没有把将我和玫瑰分离的别针移开。

\*\*\*\*\*\*

栉鼠,⁵地下的鼹鼠。有着天真、狡黠的眼睛,就像

---

3. "我"是谁?"我"可以是任何一个渴望自由的人。

4. 别针,西班牙语也作锥子,是作者想象的产物,是这首诗歌的关键词。至于诗人与母亲的关系,既有传统的意义,又有现实的意义。

5. 栉鼠(tucu-tucus),是南美的一种动物,生活在从秘鲁南部直到火地岛的地方。西班牙语的名字是从它的叫声而来的。它可能是离我们最近的活的生命,与我们如此邻近,却不是每个人都能觉察或发现的,但诗人听见了。

我们自个的眼睛。许多年来，它们的家和我们的家在同一个地方。上头，是我们的家；下面，是它们的家。它们吃甜甜的豌豆，那些根茎。因为它们，我们才有了夜晚的圣歌。那些细小的鼓声，带来轻微的颤栗。

我记得那些从花园里走来的新娘，很多年以前，在去教堂的路上。她们穿着雪白的衣裙，随鼓声远去。

苍白的月亮犹如一颗蛋（暴雨时节），或是一枚红月亮（旱季）

我那不确定的未来，尚未抵达任何地方，在森林的那头，那支幽暗的歌。鼹鼠对我们说些什么，我们什么也听不懂。

******

野兔。[6] 我看见它叶子般的耳朵，棕色的眼睛，雌蕊似的髯须，嘴巴抽搐着，紫罗兰黑暗的中心。它跑着，步调一致，穿过空旷的田埂。

它的脚步踩着鼓声。它是只兔王，是母兔，是雌是雄？它是我吗？我触摸自己柔软的耳朵，棕色的眼睛，细小的髯须，紫罗兰的嘴唇，幽暗珍珠似的牙齿。

---

6. 野兔是自然界的一种动物，也是所有的植物和运动着的物体，如树叶和花，如星辰和你我。

忽远忽近，一只小野兔在啁啾。

空气里弥漫着三叶草的味道，田野里四处有黄色的雏菊，三叶草的味道飘在空气里。

而古老的星星树叶般摇曳。

| 旁白：

一、2013 年秋天，笔者在相隔 12 年以后，重返墨西哥和南美洲，与各国诗人和读者进行了广泛交流，也听闻西班牙语女诗人三杰的说法。这三位最出色的诗人是：阿根廷的奥罗斯科、皮扎尼克和乌拉圭的蒂·乔治。皮扎尼克已在拙作《南方的博尔赫斯》中着重介绍了（诗作在本丛书首版即有译介），书中也提到奥罗斯科并收有她的一首诗，唯独蒂·乔治没有出现，而她是我唯一遇见并交谈过的。

二、玛罗莎的故乡萨尔托邻接阿根廷，与阿根廷的恩特里奥斯省隔河相望，博尔赫斯的祖父母就是在恩省首府巴拉那的一次舞会上认识的。萨尔托离水和月亮都很近，那里到处都是原野、树木、神灵、狗和露珠。

三、贪婪的读者，能从玛罗莎的作品里领略到一束不安的光，那些动物和植物频频被天使和精灵造访。她的奇特和个人化的作品，充满了看不见的人物和神话。

[玛罗莎·蒂·乔治]

(Marosa di Giorgio,1932—2004),乌拉圭女诗人和作家,意大利和巴斯克移民的后裔,出生于西部乌拉圭河畔的萨尔托,70年代末父亲故世后才移居首都蒙得维的亚。深受超现实主义影响,她的语汇、风格和想象力都是独一无二的,被认为是拉丁美洲最独特的声音之一。其作品着力于童年和自然的虚幻描写,著有诗集《紫罗兰的历史》、《果园的战争》、《三月的野兔》等十多部,另有色情故事散文集《祈祷书》(1993)、《宝石的路径》(1997)和长篇小说《阿米莉亚女王》(1999)出版。

(蔡天新 译注)

# 忧伤的恋歌

斯特内斯库[罗马尼亚]

唯有我的生命有一天会真的

为我死去。

唯有草木懂得土地的滋味。

唯有血液离开心脏后,

会真的满怀思恋。[1]

天很高,你很高,

我的忧伤很高。[2]

马死亡的日子正在来临。

车变旧的日子正在来临。

冷雨飘洒,所有女人顶着你的头颅,

穿着你的连衣裙的日子正在来临。

一只白色的大鸟正在来临。[3]

---

1. 生命和我,草木和土地,血液和心脏,一些最深刻的相互依存的关系。

2. 人们通常会说忧伤很深,可诗人却说忧伤很高。深沉而高远的忧伤。

3. 递进的意象,渐强的力量。白色的大鸟,醒目,神秘,仿佛某种征兆,又似某种隐喻,它的名字兴许就叫忧伤。

**旁白：**

一、恋歌，亦即情诗，且是短小的情诗，既要出奇，又要优美，还要动人，难极。意象和意境的提炼，在此十分重要。

二、诗歌，同样需要想象，甚至更加需要想象，奇特而诗意的想象。斯特内斯库显然是位善用视觉想象的诗人。

三、诵读，于诗歌，是一种考验。这是首经得起反复诵读的情诗，读着读着，竟能觉到一种深沉却又晶莹、神秘的动人。

## [尼基塔·斯特内斯库]

(Nichita Stanescu，1933—1983)，罗马尼亚诗人。出生于普洛耶什蒂，从小酷爱音乐，中学时对文学发生兴趣。1952年考入布加勒斯特大学语言文学系，毕业后在《文学报》担任诗歌编辑，结识了一批富有创新精神的年轻诗人，形成一个具有先锋派色彩的诗歌团体，斯特内斯库是其中的核心成员。他极力主张诗人发掘自我、表现自我，并用视觉想象，著有《情感的形象》、《时间的权力》等近二十部诗集和散文集。他的诗歌写作和主张在那个年代具有革命性意义，给观念陈旧的罗马尼亚诗坛吹去一股清新的风。

（高兴 译注）

# 最初的白发

索因卡 [尼日利亚]

雷雨之前的乌云,地狱油烟的发辫,
光亮的手指不能透过的沥青
在我的头上——你们看,先生,——只要……[1]

突然,像雨过天晴的小麦的幼芽,
像带着白蛉的长吸管的电闪,
像太阳底下狂热地聒噪的蝉鸣,——

三根白发!三个胆怯的异乡人,[2]
刺穿黑色的杯子,蛇一般袅绕,
只有放大镜才可见到,可是而后——而后

它们占领了一切!就这样,快些,廉价的
智慧之冬天,抓住荣誉的强力,

---

1. 铺陈白发出现前的背景(乌黑的头发),夸张的比喻极尽渲染之能事。

2. 在"幼芽"、"电闪"和"蝉鸣"之后,使用"胆怯的异乡人"的比喻,白发出现的生动性跃然笔尖。

将夜的尖顶帽粘住发霉的光点!³

> 旁白:
> 一、作品描写的是一个人的生理现象,阐述的是时光不可逆转的真理。
> 二、本诗最值得注意的是犀利的比喻,略带调侃的语调体现了作者幽默的智慧。

## [沃莱·索因卡]

(Wole Soyinka, 1934— ),出生于伊巴丹附近一座小镇。英国里兹大学文学博士。大学时代开始写诗,早期诗作受现代英国诗歌的影响十分明显,尤其对艾略特的作品多有模仿。晚近克服了外来影响,建立了独特的风格。他既善于运用各种艺术手段来抒发胸臆,传达忧郁、悲伤和失望的情绪,又善于在嬉笑怒骂之间将辛辣的讽刺与对生命和死亡的严肃思考巧妙地结合起来,取得一种旁人难以企及的美感。1986年获诺贝尔文学奖。

(汪剑钊 译注)

---

3. 星星之火,可以燎原,衰老的过程不可抗拒。染发吗?发霉的光点根本不是夜幕可以笼罩的。

# 保持事物的完整

斯特兰德[美]

在一块田野里

我是田野中

那缺失的部分。[1]

情形

永远是这样。

无论我在哪儿

我都是那正在失去的部分。

当我行走

我分开空气

而空气

永远移动

充满我身体曾在的

空间。[2]

---

1. 如果把田野作为一个抽象的整体空间来看待的话,"我"在田野的站立破坏了田野的抽象整体性,而"我"所占据的空间就是田野所缺失的空间。

2. 这一节写得极其轻盈、神妙。把行走想象成是对空气完整性的破坏,但这种破坏是暂时的,因为空气永远在移动,永远在填充所有的空白点。空气的流动性是对自身抽象整体性的一种最佳维护方式。

我们都有理由

为了移动。

我移动

为保持事物的完整。[3]

旁白：

一、马克·斯特兰德是美国"二战"后"新超现实主义"的代表诗人，这一脉有时也被归到"深度意象主义"名下。所谓"新超现实主义"是在继承欧洲超现实主义对无意识进行开掘的基础上，剔除"自动写作"式的轻率，而代之以对日常生活的"玄学"处理和形式诉求上的精微。它与美国本土的艺术形式——抽象表现主义也有一定的契合。

二、斯特兰德的诗注重在静穆和空隙中搭建缺席与在场的悖论，风格冷静、简洁，硬朗而不失轻捷。

三、这首诗既可以当作个人的"日常玄学"来看待（从细微事物入手梳理个人化的微型世界观的纹理），也可

---

3.因为"空气"时刻在维护抽象的整体性，因而作者把"空气"作为一个神秘的榜样，希望自己的行动能够像空气一样，在自身移动的同时，保持万物抽象的"整一"。这里的"移动"可以看作是写作活动的隐喻。

以当作一种诗歌观念来看待(如果我们把"移动"看成是通过词语在事物中穿行的话),它表露出一种期望诗歌能够灵巧地洞穿事物而又不破坏其完整性的美学旨趣。

[马克·斯特兰德]

(Mark Strand, 1934— ),美国诗人、诗歌翻译家。出生于加拿大,曾在里约热内卢巴西大学执教,后辗转任教于美国各大学。被认为是美国"二战"后"新超现实主义"的代表诗人,1981年当选为美国艺术文学院院士,1990年被授予美国桂冠诗人称号。

(沈睿 译,胡续冬 注)

# 信

高桥睦郎 [日]

写信

给你写信

可是，在我写信时候

明天读信的你

还尚未存在

你读信时

今天写了信的我

业已不复存在

在尚未存在的人

和业已不复存在的人之间

的信函存在吗？[1]

读信

读你的来信

读业已不复存在的你

写给尚未存在的我的信

---

1. 主语"我"与第二人称的"你"之间的时间错位把读者带入无限遐思。

你的笔迹

用蔷薇色的幸福包裹着

或者浸泡着紫罗兰的绝望

昨天写信的你

在写完的同时

是放弃存在的光源

今天读信的我

是那时没有存在过的眼睛

在不存在的光源

和没有存在过的眼睛之间

的信的本质

是从不存在的天体

朝向没有存在过的天体

超越黑暗送到的光芒

这样的信存在吗？ [2]


读信

昨天不存在

今天也不存在

遥远明天的他读着

---

2. 反过来又狂想般地把"你"与"我"的荒诞性加以陈述，由平面描写转入立体和纵深思考，使该诗的深刻度和严肃性跃然纸面。

没有今天的昨天的你

写给没有昨天的今天的我的信

接受着蔷薇色幸福的反射

或者被紫罗兰绝望的投影遮住[3]

不存在的人

写给未曾存在的人

另一个未曾存在的人眺望的光

从无放射到无

折射后，再投向另一个无

光所越过的深渊

它真的存在吗？[4]


旁白：

一、在战后日本现代诗人当中，高桥睦郎的写作充满了悲剧色彩。这可能跟诗人度过悲惨的童年和少年时代的生存经历有密切关联。

二、高桥的不少诗作还带有一定的物语哲学和神话性，

---

3. 重复使用的"蔷薇色"和"紫罗兰"两个意象，既强化了该诗的内在张力，又拓宽了表现的想象空间。

4. 反复地诘问"存在吗"，诗人一边借此强调抱有根深蒂固的怀疑精神，一边却独具匠心地揭示"存在"和"生命"的虚无。

作为精通日本古典、同时又是日本传统诗俳句和短歌的写作者，古典和现代主义的融会贯通使得他的存在在战后日本现代诗人中独树一帜。

三、"信"作为连接"你"与"我"的媒体，这种关系看似简单和单纯，实际上这里面隐含了巨大的复杂性。这种复杂性也可以说是高桥式的隐喻手法吧。

## [高桥睦郎]

（Takahashi Mutsuo，1937—　），日本诗人、作家和批评家。生于北九州市，毕业于福冈教育大学文学部。少年时代开始创作现代诗及短歌、俳句，21岁出版处女诗集《米诺托，我的公牛》。之后，相继出版有诗集、短歌俳句集、小说、剧本、评论集、随笔集数十部。作品被译成多种文字，其英文版先后在美、英和爱尔兰等国推出。他的作品在传统与现代之间进行了有意义的尝试，缓和了日本现代诗与古典诗歌"隔阂"和对峙的"紧张关系"。诗风稳健、机智、厚重，带有一定的悲剧意识，在战后日本诗坛独树一帜。

(田原　译注)

# 部分的解释

西密克［美］

好像很长时间了，
自从侍者听我点完菜后。[1]
脏兮兮的小餐馆，
外面正下着雪。[2]

好像天已经变得更黑了，
自从我最后一次听见
背后的厨房门响，
自从我最后一次注意到
有人从街上走过。[3]

一杯冰水[4]

---

1. 点完菜后侍者很长时间不把饭菜端来。这是我们的日常经验。但作者将此经验点出，它便似乎有了暗示，有了含义。

2. 寂静的环境。脏的小餐馆，干净的雪。

3. 寂静更进一步变成空寂。

4. 雪天一个人喝冰水，这是什么感觉？

陪伴我坐在

这张我进门时

自己选的桌子旁。⁵

还有一种渴望,

难以置信的渴望,

想要去偷听

厨师们之间的

对话。⁶

| 旁白:

一首韵味悠长的诗,一首写出了时间的诗,一首安静的诗。我们可以感到,作者的内心极其安静。由于安静,他得以贴近事物,甚至走到事物的背后。诗中所描述的是风景化了的生活,连作者自己也成了风景的一部分。他将这一风景放大,我们便看出了蕴含在这一风景中不便言明的意义。

---

5. 精确的细节把握。韵味幽幽的感觉。

6. 渴望,无论多么微不足道,都是生命的渴望。

# [查尔斯·西密克]

(Charles Simic,1938— ),出生于贝尔格莱德,1949年随全家移居美国。先后就读于芝加哥大学和纽约大学,1971年加入美国籍,1974年开始在新罕布什尔大学执教。他的诗歌似乎起源于民间传说的黑森林,有着欺骗性的单纯以及奥妙、幽默、内向、神秘的调子。1990年获普利策诗歌奖,主要诗集有《肢解沉默》、《回到一杯牛奶照亮的地方》、《古典舞》、《不尽的世界》和《诗选》等。

(王伟庆 译,西川 注)

# 晚 安

希尼[爱尔兰]

门闩拔开,一窝锋利的光
剖开了庭院。[1] 从那扇矮门出来
他们躬身进入如蜜的走廊,[2]
然后直接穿过那道黑暗之墙。[3]

水坑、鹅卵石、窗框和门阶
稳稳置于一堵光亮中。[4]
直到她再次超越她的影子跨步进来
并取消她背后的一切事物。[5]

---

1. "一窝锋利的光",量词"窝"形象地表示光是从屋里面照出来的;"锋利的光",用通感的手法形容光的冷峭之感。

2. "如蜜的走廊",表达的是进来者的内心感觉。

3. "黑暗之墙"在这里可能指的是走廊投下的影子,因为场景是一所庭院。

4. "一堵光亮"暗示"墙"和"影子"之间的对照关系。"稳稳"一词显示出这个场景的朴实和庄重。

5. "超越她的影子"指女人在光亮中走向屋子里的过程中影子的变化;"取消她背后的一切事物",暗示女人把门重新关上。

旁白：

一、这是一幅朴素、温馨的图画。诗人以一个观察者的视角，向我们描绘了他所看到的景象。

二、值得注意的是，在这首仅仅八行的短诗中，诗人采用了对照的手法，不仅是光和影的对照，还有诗人所描绘的感受的对照，比如"锋利的光"和"如蜜的走廊"，"黑暗之墙"与稳稳的"一堵光亮"以及"躬身进入"与"超越影子"等等，都构成某种描述口吻的对照，产生出有张有弛、开合自如的效果。

（黄灿然 译，周瓒 注）

# 山楂灯笼

希尼[爱尔兰]

冬山楂在季节之外燃烧,
带刺的酸果,一团为小人物亮着的小小的光,[1]
除了希望他们保持自尊的灯芯
不致死灭外一无所求,
不要用明亮的光使他们盲目。

但当你的呼吸在霜中凝成雾气,[2]
它有时化形为提着灯笼的狄欧根尼斯[3]
漫游,寻找那唯一真诚的人;
结果你在山楂树后被他反复观察
他拿着灯笼的细枝一直举到齐眉,

---

1. 因为冬山楂果的"小",所以说它们是为"小人物"点起的灯笼。这也是诗人对自己的一种自我限定。

2. 这是一种出现幻象的时刻,不过幻象的出现却源自内在的"呼吸",亦即出自一种自我省视。

3. 古希腊著名哲人,传说他在大白天打着灯笼寻找真诚的人。

你却在它浑然一体的木髓和果核面前退缩。[4]

你希望用它的刺扎血能检验和澄清自己；

而它用可啄食的成熟审视了你，然后它继续前行。[5]

| 旁白：

一、正如奥顿的一句写叶芝的诗"疯狂的爱尔兰驱策你进入诗歌"，希尼的很多诗也都基于充满了剧烈冲突的爱尔兰的历史和现实赋予给他的道德困境，这里他借助于对冬山楂的凝视，再次深刻而感人地触及到这个主题。

二、在对平凡事物的挖掘中，完成一种"诗歌的纠正"或神话的重构，这就是我所看到的这位杰出的诗人在艺术上的努力。

**[谢穆斯·希尼]**

(Seamus Heaney，1939—2013)，出生于北爱尔兰一个农民家庭。在贝尔法斯特上大学时开始写诗，1966年出版诗集《自然主义者之死》，一举成名，后又有《进入黑暗之门》

---

4. 眼前所见与幻象已浑然难分。

5. 一种更内在的道德挣扎和申辩在这里出现了。

和《舌头的管辖》等诗集和评论集,1995年获诺贝尔文学奖。希尼的诗从个人经验入手,进而追溯家族乃至民族的神话和历史,他把源于乡土的生命活力、英语文学传统的技艺和一个现代知识分子的视野结合起来,用词精确,视野深邃,叙述超然,极富创造和发现。

(吴德安 译,王家新 注)

# 无 题

布罗茨基[俄]

在林莽丛生的省份，在沼泽地的中央，
有座被你遗忘了的荒寂的村庄，
那儿的菜园终年荒芜，从来用不着稻草人，
连道路也只有沟壑和泥泞的小径。[1]
村妇娜斯佳如今想已死去，
彼斯杰列夫恐怕也已不在人世，
假如他还活着，准是醉倒在地窖内，
或者正在拆下我俩那张床的靠背，
用来修补篱笆门或者大门。[2]
那儿冬天靠劈柴御寒，吃的只有芜青，
浓烟冲上冰冷的天空，熏得寒星禁不住眨巴眼睛，
没有新娘坐在窗前，穿着印花布的衣裙，
只有尘埃的节日，再就是冷落的空房，
那儿当初曾是我们相爱的地方。[3]

---

1. 用"林莽丛生"、"荒寂"、"荒芜"一系列词语，旨在说明村庄的边远与荒凉。

2. 引入两个人物(也许是当地普通的年老村民)，使沧桑感倍增。

3. 在这种寒冷孤寂的地方也无法抑制爱情的产生。

旁白：

一、这不一定是我所读到过的布罗茨基最好的诗，却是我读到的最使我感动的诗。没有炫技，没有巧妙的隐喻或警句（这些正是布氏的长项），但却感情深挚，质朴有力，叙事和抒情浑然一体。

二、诗中出现的"你"可能是诗人从前的恋人。也许是在多年以后，诗人重新追怀起当年的生活，百感交集，但在诗中没有具体提及两个人间的感情，一切似乎都在不言中。

三、诗人的回忆引领着我们的目光缓缓扫过一些最普通的人和事物，从"在林莽丛生的省份，在沼泽地的中央"的那座村庄，一直到村庄中"冷落的空房"，但最后一句"那儿当初曾是我们相爱的地方"，使全诗陡然升华，被笼罩在一种奇异的光辉中，前面微不足道的事物和细节都被照亮并被赋予了深意。

（叶尔湉 译，张曙光 注）

# 一九八〇年五月二十四日[1]

布罗茨基 [俄]

由于缺乏野兽,我闯入铁笼里充数[2],
把刑期和番号刻在铺位和椽木上,
生活在海边,在绿洲中玩纸牌,
跟那些穿燕尾服、魔鬼才知道是谁的人一起吃块菌。
从冰川的高处我观看半个世界,地球的
阔度。两次溺水,三次让利刀刮我的本性。
离开生我养我的国家。
那些忘记我的人足以建一个城市。
我曾在骑马的匈奴人叫嚷的干草原上跋涉,
去哪里都穿着现在又流行起来的衣服,
种植黑麦,给猪栏和马厩顶涂焦油,
除了干水什么没喝过。[3]

---

1. 作者四十岁生日。

2. 指作者坐牢。以下几乎每一行都是谈作者的人生经历,有些是人所共知的,例如坐牢、到过远东地区工作、被驱逐出境等,有些则可能是作者较为私人的经历,有些说得很抽象,例如让利刀刮本性,有些说得很具体,例如给猪栏和马厩顶涂焦油。

3. 意思是什么都喝过,就像我们说"除了尿什么没喝过"。

我让狱卒的第三只眼[4]探入我潮湿又难闻的

梦中。猛嚼流亡的面包：它走味又多瘤。

确实，我的肺充满除了嗥叫以外的声音；

调校至低语。现在我四十岁。

关于生活我该说些什么？它漫长又憎恶透明。

破碎的鸡蛋使我悲伤；然而蛋卷又使我作呕。

但是除非我的喉咙塞满棕色黏土，

否则它涌出的只会是感激。

## 旁白：

这首诗其实非常简单，它要说的也是老生常谈，大致是：我吃过很多苦头（可列出一份清单），然而回想起来，这些苦头磨炼了我，我真要感谢它们呢。但是，诗歌恰恰是以崭新或不同的角度来说老生常谈的事情。美国女诗人狄金森有句名言："说出全部真理，但斜斜地说。"布罗茨基这首诗正好是斜斜地讲述事实。他不说"我因莫须有的罪名被判坐牢"，而说"由于缺乏野兽，我闯入铁笼里充数"（我不是真正的罪犯，却

---

4. "第三只眼"应是指狱卒除了有常人的双眼外，还有一只监视、窥探之眼。

被扔进监狱充数），可见当时苏联独裁制度如何滥用权力。不说"我去过很多地方，见过无数的人，但都忘记了"，却反过来说"那些忘记我的人足以建一个城市"；不说"去哪里都穿一身过时落伍的旧衣服"，却说"去哪里都穿着现在又流行起来的衣服"；不说"连脏水也喝过"，却说"除了干水什么没喝过"；最后也最重要且最令人感佩的是不说"到死我也会感激这一切"，却说"但是除非我的喉咙塞满棕色黏土，／否则它涌出的只会是感激"。

（黄灿然 译注）

# 并非我在失控 [1]

布罗茨基 [俄]

并非我在失控：只是倦于夏季。
日子荒于你伸手抽屉取衬衣之际。[2]
但愿冬季来临，用雪窒息
所有这些街道，这些个人类；但首先，闷死
枯萎的绿色。我愿和衣而眠或索性捡本
借来的书，而一年倦慵节律之所剩，
像只遗弃它盲主的狗，
在普通的斑马线上横越马路。自由
是你忘记如何拼写暴君姓氏的时候，[3]
你的口涎甜过波斯馅饼，
虽然你的大脑被公羊角般拧紧，
没有物体落下你浅蓝的眼睛。

---

1. 该诗为诗人定居美国期间写下的组诗《言辞片断》中的一节。

2. 多么精彩的瞬间感受！它达到的，乃是一种"诗的精确"。

3. 此乃布罗茨基的名句。

**旁白：**

此诗为一个流亡诗人的反讽性自画像。短短的言辞片断，不仅显示出一种令人惊异的诗歌修辞才能，也容纳和整合了深刻、复杂而强烈的人生感受。一方面是岁月的荒废，另一方面是记忆的纠缠，也许正是这两者的相互作用，使诗中迸发出了"自由，／是你忘记如何……"这样的名句。

（常晖 译，王家新 注）

# 来自明朝的信[1]

布罗茨基[俄]

1[2]

不久将是夜莺飞出丝笼,隐没踪迹

的第十三个年头。[3]当暮色降临,

皇帝用另一个裁缝的血吞下

药丸,接着,倚上银枕,转视一只珠饰的鸟

它那平乏、单调的鸣叫催他入眠。

这就是我们这些天来在"人间天堂"庆贺的

这个单数,且不吉利的周年。

那面特制的用以抚平皱纹的镜子

一年贵比一年。[4]我们的小花园为杂草窒息。

---

1. 该诗写作于1974年,背景不明,但似乎是以一个在"明朝"为皇太子当老师的西方人的口吻写的。第一部分写对中国皇帝和宫廷生活的描述、讽刺及感叹,第二部分写他自己返归故乡的无望、徒劳和艰难。

2. 这一节诗可以说出于"对东方的想象",也可以说是某种"帝国研究"的一部分,而这一直是潜在于布罗茨基诗中的一个主题。

3. 这里的"夜莺"是隐喻性的,可想象为那些挣脱"丝笼"的自由的生灵;"第十三个年头"即下面所说的单数、不吉利的周年。

4. 这里用反讽笔法来写时间的无情,富有张力。

天空，也被塔尖刺破，像针插进某病人的

肩胛骨，他病情惨重，只可让我们望其脊背。[5]

每当我对皇子谈论

天文，他便开始打趣……[6]

这封你的野鸭，亲爱的，给你的信[7]

是写在皇后恩赐的香水宣纸上。

最近，稻米匮乏，而宣纸却源源不断。[8]


2

"千里之行，始于足下"，此乃

谚语所云。可惜归途

不始于相同的起点。它超过十个

一千里，尤其当你从个位的零数起。[9]

---

5. 这里的比喻让人想起哈姆雷特"这是一个脱了臼的时代"的著名道白。

6. 这里的喜剧性，不仅来自于明太子的淘气，或许还包含了对东西方文化相互"错位"的讽刺性描述。

7. 出于某种"语感"的需要，这里的句法有点"不正常"，但读者可以把它顺过来。"野鸭"显然是一种调侃性的代称，并喻示着故事后面的故事。

8. 对一种奇特的文明的描述真是到了家！

9. 这里显然还暗含了另一句中国古话："失之毫厘，差以千里"。人已迷失在时间中，他已无法想起最初错在哪一步，他被存在的荒诞、命运的力量所左右，因而他永不可能"返回故里"。对此，可参照诗人的另一首诗："我的回乡之途仍太遥远，／当我们在此消磨时间，亲爱的海神，／它仿佛是延伸扩展的空间。"(《奥德修斯致忒勒玛科斯》)

一千里,两千里 [10]

一千意味"你永不能

返回故里"。[11] 这种无意义,像瘟疫,[12]

从言语跃上数字,特别落上了零。


风把我们吹向西方,如黄色的豌豆

迸出干裂的豆荚,在城墙 [13] 屹立处。

顶风的人,形态丑陋,僵硬,有如惊惧的象形文字

有如人们注视着的一篇难解的铭文。

这单向的牵拽把我拉成

瘦长的东西,像个马头,

身子的一切努力消耗在影子里,

沙沙地掠过野麦枯萎的叶片。[14]

---

10. 这里有意模仿了一种数数的语感,为了使这类认真的推理最终达到一种荒谬,一种可笑的无意义。

11. "故里"可指故乡、故国,也是隐喻性的。这个隐喻,也许需要我们用一生来理解。

12. 这种比喻出人意料,而又极其深刻有力。这是布罗茨基最擅长的手艺。

13. 也许是指中国著名的长城。

14. 最后这个比喻达到了一种诗歌修辞的极致,一方面命运的强力牵拽使"我"变成了一个瘦长的像马头的东西,另一方面身体的挣扎和努力又只能徒劳地消耗在自身不断拖长、消失的影子里,又像一个怪物一样"沙沙地掠过野麦枯萎的叶片"。还有什么能比这更能道出存在的悲辛、荒谬和无奈!这或许是被放逐的人类最令人惊惧的写照之一。

[约瑟夫·布罗茨基]

(Joseph Brodsky, 1940—1996), 出生于列宁格勒一个犹太家庭。十五岁时开始写诗, 并在地下流传, 被当局以莫名其妙的罪名流放到偏远地带, 经多方营救, 1972年又被莫名其妙地驱逐出境, 后定居美国并加入美国籍。仍用俄语写诗, 用英语写散文, 犹如登上人类历史文化的山巅"静观两侧的斜坡", 取得极高的成就, 米沃什夸他"光彩夺目, 在不到十年内就确立了在世界诗坛的地位"。1987年获诺贝尔文学奖。

(常晖 译, 王家新 注)

# 读：爱

萨拉蒙[斯洛文尼亚]

读你的时候，我在游泳。像只熊——带爪的熊，
你将我推入天堂。你躺在我身上，
撕裂我。你让我坠入情网，直至死去，又第一个
出生。[1] 只用了片刻，我就成为你的篝火。[2]

我从未如此安全。你是极致的
成就感：让我懂得渴望来自何处。
只要在你之内，我便是在温柔的墓穴里。你切割，
你照亮，
每一层。时间喷发出火焰，又消失无踪。凝望你的
时刻，

我听见了赞美诗。你苛刻，严格，具体。我
无法言语。我知道我渴望你，坚硬的灰色钢铁。[3]

---

1. 极致的爱，已不仅仅是脱胎换骨，而是死去，又重生。

2. "只用了片刻，我就成为你的篝火。"这句诗，有名言气质，适合于爱情表达。

3. 我们通常将爱情比喻为港湾，但诗人将之比喻为坚硬的灰色钢铁。有一种陌生的美感。

为了你的

一次触摸,我愿放弃一切。瞧,傍晚的太阳

正撞击着乌尔比诺[4]庭院的围墙。我已为你

死去。我感觉着你,我用着你。折磨者。

你灭绝我,用火把点燃我,

总是如此。而乐园正流进你摧毁的地方。[5]

| 旁白:

| 一、没有想到,向来冷峻的萨拉蒙,也会写出如此火热的情诗。而且写得够狠,几乎是在往死里写,唯有如此,才能表达极致的情爱。不禁想起他的一句诗:"每一个真正的诗人都是野兽。"

| 二、萨拉蒙显然是明喻和隐喻的高手。通篇充满令人难忘的明喻和暗喻。

| 三、字里行间,你能感到一种气势,一种能量,一种力度,既是情感的,也是诗歌的,或者准确地说,是情感和诗歌的完美统一。

---

4. 意大利马尔凯地区一座城墙环绕的城市,保留有许多风景如画的中世纪景色和文艺复兴历史文化遗产。此处极有可能是一语双关。

5. 这显然是最温柔的摧毁。摧毁同时意味着新的建设。乐园正在流进。

四、都说他是超现实主义诗人,但这首诗里,显然也有浪漫主义、象征主义、现代主义、现实主义。还是不要贴标签了。优秀的艺术家,都有融合的本领,自觉或不自觉地。因此,给艺术家贴标签,是件不靠谱的事情。

[托马斯·萨拉蒙]

(Tomaz Salamun,1941— ),斯洛文尼亚诗人,被公认为东欧诗坛领军人物之一。出生于萨格勒布,在小镇科佩尔长大。卢布尔雅那大学毕业后任文学编辑,因发表"出格作品"遭当局关押,因此成为文化英雄。次年自费印制诗集《扑克》,以其荒诞性、游戏性和反叛色彩,被认为战后斯洛文尼亚现代诗歌的肇始。借助美术活动,游学意、法、美、墨西哥等国。一次次的出游,"与其他诗人、其他世界和其他传统相遇",使之具有宇宙意识和目光。著有《蓝塔》、《太阳战车》等数十部诗集,曾获"诗歌与人·诗人奖"(广州)。

(高兴 译注)

# 宝塔菜

泰勒[美]

> 假如世上没有诗,难道
> 你没有发明诗的才智?
> ——霍华德·涅美洛夫[1]

几年前他私下里研究了
怎样吃这种菜,当她端出
切好的绿宝塔,他已心中有数。[2]
他只惊奇(他总觉得惊奇,[3]
当他把宝塔底层的厚叶片摘下,
浸在调味汁里,看见她在看他,
他熟练地把有曲线美[4]的嫩皮
放到他下面一排牙齿的内侧,

---

1. 霍华德·涅美洛夫是美国诗人,见桑克评注。此处引文暗示了这首诗的主题——借一种蔬菜,谈论诗歌这种文学形式。

2. 很可能指一个已经暗自开始诗歌创作的青年终于有机会接触到了同道。

3. 连用两个"惊奇",语气上有推波助澜的作用。

4. "曲线美"这样的字眼用在蔬菜上,给这首诗带来一种离奇的效果。

用舌尖去舔柔软的菜渣,[5]

而她不出所料,还在解释

如何品尝这种美味,他却

咬掉叶刺去吃菜心),他惊奇的是

什么饥渴的心灵发现了这种菜。

| 旁白:

一、尽管早已"心中有数",仍然充满惊险和快感——这就使作品新颖、有张力,而不流于庸俗。

二、品尝蔬菜这样的平凡小事也可以充满趣味,可见不同的人对同一样事物可以有多么大相径庭的理解——可以说,诗人恰是一群拥有特异感知能力的专家。

三、以诗谈诗,好比相声演员在台上谈论相声这种表演艺术。当然前者更为严肃,或许也更需要自省的精神。

[亨利·泰勒]

(Henry Taylor,1942—  ),出生于弗吉尼亚州。1986年普

---

5. "下面一排牙齿"、"内侧"、"舌尖"都是对细节的描写,这种刻意而为的细腻使诗歌语言生动而有趣。

利策诗歌奖得主。泰勒注重使用日常的语言，善于以不平凡的形象来写普通的事物，但对形式的掌握运用颇为严谨。他称自己的诗大部分是"沉思性的叙事诗"。有研究者称，如果把泰勒的叙事与古典主义的史诗或浪漫主义的叙事诗作比较，可以发现他的叙事是模糊的、暗示性的；他并不力图保持事件的完整性（这种完整性为习俗所界定），他关注的是一种独特的叙事。

(许渊冲 译，赵霞 注)

# 榆 树

格吕克[美]

一整天我尝试把欲望

和需要区分开来。[1] 现在,在黑暗中,

我只为我们,建造者,树木的

种植者,[2] 感到苦涩的悲哀,

因为我一直稳定地看着

这些榆树

并且见到那产生

扭曲的过程,静止不动的树

就是折磨,[3] 于是我明白了

除了缠绕的形态之外,不会有别的形式。[4]

---

1. 区分"欲望"和"需要",点明它是困扰诗人的问题,这也成为诗的一个观念的起点。

2. "我们",既是建造者,也是树木的种植者。这里暗示人也是苦恼的创造者。

3. 诗人从榆树扭曲的静止状态中,领会到痛苦产生的过程。

4. 暗示只有变动或运动,才能解除人们内心困扰,回到开头诗人所沉思的问题上,诗人感到,欲望也好,需要也好,只有不静止地看待它们,才能真正看清楚它们的区别。

| 旁白：

一、诗收入诗集《阿喀琉斯的凯旋》。诗人从抽象的沉思切入，通过对普通事物的观察，反观自己的内心困扰，并达到一种领悟。

二、往往来自灵感瞬间的闪现，需要诗人捕捉它们。诗人苦苦沉思，一无所获，而当她稍稍抽身思虑之外，注目四周，却有了意想不到的发现。

三、诗人很注意近义词之间微妙的区别，典型的如"扭曲"、"折磨"、"缠绕"几个英文词语，意义互有交叉。通过这些近义词的使用，诗的内在含义便得以过渡并呈现。

## [路易丝·格吕克]

(Louise Glück,1943— )，出生于纽约，在长岛长大。毕业于哥伦比亚大学。她的诗歌具有很强的穿透力和令人惊奇的清澈，塑造的形象极其鲜明，要么荒凉虚无，要么郁郁葱葱，每个细节的安排都是为了打动读者。著作甚丰，早期诗集按传统的手法编在一起，后来努力围绕同一个主题写作。曾获普利策诗歌奖和波林根奖，目前定居波士顿，在威廉姆斯学院任高级讲师。

(周瓒 译注)

# 爱的蜕变

孔蒂 [意]

尽管他们沉入海底,他们还会升起;
尽管情人会失去,爱却不会。
——迪兰·托马斯 [1]

约瑟夫曾是我的教名
现在我不再拥有名字:我成了蜜蜂,
云雀,石子,含羞草和海洋:
她将再也认不出我了。[2]

她将再也不会说爱我
近在眼前却不认识,我们将一起飞翔
到太阳的蜂房,跌倒犹如
滑坡,[3] 从陡峭的山路朝向岩石和

---

1. 这句引诗出自迪兰·托马斯的名作《而死亡也不得统治万物》。

2. 俏皮和幽默是孔蒂诗歌的一大特点,他在海边出生并长大,有着海洋一样丰富的想象力。

3. 爱情不断需要新鲜和刺激。

海滨，成为两只贝壳，无言以对

在深深的海洋。[4]

| 旁白：
| 一、孔蒂身材高大，风度翩翩，酷似电影演员马龙·白兰度，笔者多次在国际诗歌节上与之相遇，每回他总有浪漫故事与我分享。
| 二、这首诗体现了孔蒂诗歌的精髓，清新、诱人的想象力，海洋的气息，神话和自然的交融。
| 三、古往今来，每个诗人都写过爱情诗，但孔蒂仍然能够给我们带来新意。读罢此诗，似乎急着要去审视自己的情感经历。

[约瑟夫·孔蒂]

(Giuseppe Conte, 1945— )，当代意大利最重要的诗人之一，出生在利古里亚海岸，毕业于米兰大学。曾获得蒙塔雷诗歌奖等，除诗以外，还写小说、批评、随笔、剧本，翻译过雪莱、D·H·劳伦斯和惠特曼的诗歌。孔蒂诗歌

---

4. 诗人似乎更喜欢和情人保持一定的距离，拥有个人的自由度。

的主题是自然和神话,他积极倡导神话回归艺术,努力探寻现实生活的神话原型。孔蒂每年都到世界各地朗诵、旅行,《爱的蜕变》译自美国柏克莱出版的英文版诗集《大海和男孩》。

(蔡天新 译注)

# 诗 人

维尔泰[法]

就像从两片

刀刃间经过

第一滴血[1]

决出死活

那里没有位子

清瘦的善

在笑你

逃离是肯定的[2]

到黑暗中来

到澄蓝中来

天使迷了路

---

1."第一滴血",这滴血,这滴血的红,这滴血的意象,够醒目,够抓人眼球!这叫突兀之法。诗人邀请"两片刀刃"出场,为的是把诗人活生生地夹在中间。干什么?让他"决出死活"。每一个诗人身上都活着一个特殊的命运吧。

2."逃离是肯定的"。句子译得有点散,其实原文是紧的。"逃离"之前,有人"笑你"。谁?那人居然叫"清瘦的善"。第二节读着轻松。很清瘦的句子,也很有意味。

用一只翅膀

拍打闪电

而我呼吸 [3]

> 旁白：
>
> 一、这首诗译自2000年伽利马出版社出版的《法国20世纪诗选》，是一首令人喜爱的精短之作。
>
> 二、诗人写一首以"诗人"为题的诗作，这无疑是一种类似"自画像"的努力。诗人把自身当作题材，或者当作对象，由此来披露他对"何为诗人"和"诗人何为"的理解，这也许是诗人创作这首诗的心理动机。
>
> 三、以"诗人"为题的诗作，不止维尔泰写过，许多诗人都写过。我甚至相信，每一个诗人都在写。诗人一生的全部诗篇，都是为了能成就这一首《诗人》吧。阿拉伯大诗人阿多尼斯也写过一首《诗人》，其中三句我记住了："他们留下传说/但没有父亲/也没有家。"

---

3. "而我呼吸"，瞧诗人的主体"我"出场了！但我们更得关注"呼吸"。诗人活着。诗人呼吸。诗人正是把呼吸之气注入一首首诗的体内，这些诗的字里行间才有血液流贯啊！呼吸创造自由体诗的节奏。天空是另一位诗人，他用"闪电"写诗。闪电是天空的呼吸。

[安德烈·维尔泰]

(André Velter, 1945— ),法国诗人,出生于阿登高地,在兰波的故乡沙勒维尔和巴黎接受教育。著有《打开歌》、《地狱与花朵》、《独树》等十多种诗集,他为伽利马出版社主持《诗歌》丛书,影响颇大。维尔泰曾长期在阿富汗、印度、尼泊尔等亚洲国家居留,也曾游历西藏,他的作品带有这些地方的色彩和韵律。维尔泰获得过众多奖项,包括1990年的马拉美诗歌奖和1996年的龚古尔诗歌奖。他的语调和口吻是雄辩的、断句式的,滚浪般的长句奔涌着他丰沛、冲撞的内心激情,俚语和典雅间杂,给诗情以张力。

(树才 译注)

# 飞 蛾

扎加耶夫斯基[波兰]

透过窗玻璃
飞蛾[1]看着我们。坐在桌旁,
我们似被烤炙,[2]以它们远比
残翅更硬、闪烁的眼光。

你们永远是在外边,
隔着玻璃板,而我们在屋内,
愈陷愈深的内部,[3]飞蛾透过
窗子看着我们,在八月。

---

1. 人人都知道飞蛾的悲剧在于它的趋光性,但我们在凝视这样一种生命存在时,是否也想起了我们自己的人生?

2. 正因为飞蛾的注视,并由此想到更广大的悲剧人生,诗人感到被"烤炙",换言之,他的良心在承受一种拷打。

3. 这是一种隐喻性的写法,但我们都知道诗人在说什么。

| 旁白：

不仅是我们在看飞蛾，更是飞蛾在看着我们——这首诗就这样写出了一种"被看"，一种内与外的互视。它让我们生活在一种"目睹"之下。一个东欧诗人的"内向性"，就这样带着一种感人的自我审视的力量。

(桴夫 译，王家新 注)

# 荷兰画家们 [1]

扎加耶夫斯基[波兰]

白镴的钵,沉甸甸地流着金属感,

光照上圆鼓的窗。

铅色的云层厚得可以触到。

床单似的长袍,刚出水的牡蛎。

这些都会永垂不朽,却对我们无用。[2]

木拖鞋自己在散步,

地板砖从不寂寞,

有时会和月亮下棋。

一个丑姑娘读着

无色墨水写成的信,

是诉爱还是讨钱?

桌布带着浆和道德的味道 [3]

---

1. 这大概是诗人在欧洲某个艺术馆观看伦勃朗等著名 17 世纪荷兰画家的作品时写下的一首诗。对这一时期的荷兰绘画,著名艺术史家贡布里希曾以"自然的镜子"为题进行过论述。

2. 诗人描述了艺术的持久感人的生命力,但又说它"对我们无用",这指的是艺术的非功利性,恰恰是对艺术价值的肯定,也暗含着对当下实用主义的嘲讽。

3. 画中的桌布不仅带着浆过的味道,甚至也带着某种"道德"的味道,这真是意味深长。

表面和深度连不起。

神话？这儿没有神话，只有蓝天，

浮动，殷勤，像海鸥的唳鸣。

一个妇人安详地削着一只红苹果。

孩子们梦着老年。

有个人读着一本书（有一本书被读），

还有个人睡着了，一个温软的物体，

呼吸得像架手风琴。

他们喜欢流连，他们到处歇脚，

在木椅背上，

在乳色的小溪，狭如白令海峡，

门都开得宽敞，风很温和。

扫帚做完了工歇着。

家庭景象揭示一切，这里画的

是一个没有秘密警察的国家。[4]

只有在年轻雷姆卜朗特的脸上

落下了早年的阴影，为什么？

荷兰画家们啊，告诉我们，什么

将发生，当苹果削完，当丝绸变旧，

---

4. 这一句颇出人意料，但又在骤然间更新和拓展了我们的视野，这不仅使我们把诗人所观看的绘画与他所来自的东欧生活背景联系起来，并互为对照，而且使我们更深入、确切地体会到诗人此时的内心颤栗。

当一切的颜色变冷,

告诉我们是黑暗。

| 旁白:

一、诗人对绘画艺术的独到感受已具有足够的吸引力了,然而他不满足于此,其思考还不时地把我们引向艺术、历史、人生的更深广的层面。

二、当所有的观看最终触动了内心,诗人在最后发出了那样的询问。这不是一般的询问,而是更内在的迸发,是把这一切纳入到命运的高度来看,因而如此震动人心。

### [扎加耶夫斯基]

(Adam Zagajewski, 1945— ),出生于乌克兰的利沃夫,后随父母遣返波兰,在克拉科夫上大学。1972年出版诗集《公报》,积极参加团结工会运动,成为"新浪潮"诗派的代表人物。1981年当局发布戒严令后,被迫离开"营房般阴沉"的波兰,迁居法国。他的作品被译成多种文字,在欧美享有广泛的声誉。在一首诗中他写道:"我看到音乐的三样成分:脆弱、力量和痛苦。"这也是构成这位东欧诗人作品感人力量的因素。

(桴夫 译,王家新 注)

# 一种生活

诺德布兰德 [丹]


你划亮火柴,它的火焰让你眼花缭乱 [1]
因而在黑暗中你找不到所要寻找的 [2]
那根火柴在你的手指间燃尽 [3]
疼痛使你忘记所要寻找的 [4]

## 旁白:

生活是一个大题目,但生活又是由许多小小的细节组成,所以作者将这首四行小诗客气地命名为"一种生活"。但与其说这首诗处理的是生活,毋宁说它处理的是一个符号。它通过"火柴"这样一个符号,挖掘了生活非线形、超预期的真相。一个因必有一个果,

---

1. 在黑暗中划亮火柴确有此感。一个事件,一个因。

2. 在黑暗中划亮火柴确有此感。一个事件,一个果。

3. 一个事件,作为下一个果的因。

4. 一果,是第二行的果的错位。

但这个果又不一定是你能够预先把握的。对生活的这样一种认识,为哲学让出了巨大的空间。

[ 亨利克·诺德布兰德 ]

(Henrik Nordbrandt, 1945— ),曾在哥本哈根大学学习东方语言,被认为是居无定所的诗人,成年以后在土耳其、希腊、意大利和西班牙等地中海国家住过很长一段时间。主要诗集有《决裂与来临》《玻璃》《冰川纪》《十四行诗》等,另有《土耳其日记》、烹饪著作、儿童书籍问世。

(北岛 译,西川 注)

# 八月底

奥尔〔美〕

我们离开租的农家房屋三个星期

去避暑,回来时发觉旧谷仓

已被房东烧毁,为他退休后造屋腾出空地。

我们驱车经过时,几件

黑黑的碎件仍在缓缓闷烧。

拖拉机拖走了铅皮屋顶,

它平躺在烧焦的现场,

像盖在死人脸上的一块手帕。[1]


关闭的农屋阴湿而溢出阵阵腐朽气味,

我们把椅子和地毯拿出屋外晾晒;

刮洗墙壁和地板。黄昏时分,我看见

一辆蓝色卡车停在被烧的谷仓地段——

一个青年来取走一根根桁条,他

已把它们拽到附近的青草地里。他告诉我说,

---

1. 这是一首感时伤怀的诗,第一、二、四段为对当下的描写,第三段是主人公对往昔的回忆。与题材的忧伤、无奈相匹配,全诗弥漫着阴湿、略带焦糊味的气息。

他想在山旁造一座小屋。我走开了，
回首时，只见他大汗淋漓，浑身烟灰，
像一只在冒烟的地方徘徊的乌鸦。

我是在谷仓之间长大的。一座谷仓失火时，
全县半数的乡邻们围拢来观看
和谈论。我在晚夏收割庄稼，
把一捆捆庄稼堆成高堆。
我同我的兄弟们也在那里玩耍，
筑地道和堡垒，抓
鸽子，从狭窄的屋梁上跳
到松软的草堆里。在那个时候
我从没看到过故意烧谷仓。

我走回家时，暮色已笼罩
四野。前院里两棵胡桃树
的黄叶已经在纷纷脱落。[2]
我想起缅怀时光流逝的唐朝诗人，
他们三十岁不到就已"满头白霜"。

---

2. 笼罩了四野的"暮色"、纷纷脱落的"黄叶"都象征了生命的垂暮，以此引出下文的"缅怀时光流逝的唐朝诗人"，顺畅而自然。

整个黄昏,我坐在门廊里,
书本堆在身旁,我用一块白布[3]
擦掉一本本书脊上的霉斑。


| 旁白:

一、离开仅三个星期,回来便看到了这"凄惨"的一幕。看得出,谷仓已经是诗人心目中唯美理想的化身,而他人(甚至是房东自己)对谷仓的粗暴焚烧显然已经伤害到了诗人对世界的想象。

二、第三段中"筑地道和堡垒"、"抓鸽子"、"从狭窄的屋梁上跳到松软的草堆里"的活泼、有生气与如今的苍凉、死气沉沉形成了鲜明的对比。

三、抒情和思辨源于一件说来并不稀奇的日常事件,风格朴素、诚恳,却不乏技巧。


[格雷戈里·奥尔]

(Gregory Orr, 1947— ),出生于纽约的奥尔巴尼,毕业于哥伦比亚大学,获艺术硕士学位。美国自白派诗人之一。他的诗感情炽热,语言简练,形象鲜明。其艺术特色在

---

3. 此处"白布"叫人联想到第一段中"盖在死人脸上的一块手帕"。

于直截了当，不装腔作势。奥尔的许多诗是根据童年的记忆创作的，反映了他的一种失落感。他承认自己非常悲观，相信诗，至少是抒情诗源于感情伤害。他还认为，感情伤害可以转化，因此诗是一种医疗过程，但不等于治疗。

(张子清 译，赵霞 注)

# 致大海

桑特[澳]

这里的陆岬,那里的海湾
是你,伟大的制图师的杰作
谁也不会在风中

把它们从我的手中夺走;[1]
丰碑一般不朽的悬崖[2]
是你的骄傲

虽然你所有的沉思
都化成了沙子。我多么爱
你的一举一动:漩涡与巨潮;

忠实的月球召唤的海浪,
令城市惊恐的流动的力量。
海水崩塌、碎溅,可你

---

1. 据诗人说,这是在他父亲死后写下的一首诗。

2. "丰碑"与下面的"都化成了沙子"的"沉思"构成了一种张力。

还是不停地倾泻,留给我的
只有盐的余味。那么
我就出海漂泊,像船依偎在

你地球流动的皮肤上——
毛孔张开,汗水散入空气,
宁静吸入胸中。我像云

一样轻;宁静的海,
我是你同样敏感的孪生兄弟。潜入水中,
我看到了什么把鲨鱼塑成

黑暗中不羁的、灼热的力;[3]
见到的每条鱼
都是一次短暂的脉息——

畅游水中,我身成流线
在你导引下前行无阻;又充满活力,
踏上土地的坎坷崎岖。[4]

---

3. 写到这里,一首诗抵达到它的内核。

4. 结尾又是一种开始。

> 旁白：
>
> 大海在以前诗人那里往往是一种自由和无限的象征（如拜伦的"大海，帝王们的统治到你的边缘为止"），而在这里，大海成为一种父亲般的原创生命的存在。因而诗人对海的进与出，都具有了一种富有意味的仪式感。

[安德鲁·桑特]

(Andrew Sant, 1950— )，出生于伦敦，现定居澳大利亚东南的塔斯马尼亚岛。诗人二十多岁开始创作，迄今已出版五本个人诗集，善于在平凡事物中拓展出富有想象力的境界，作品收入《新牛津澳大利亚诗选》等多种选集。作者曾到中国访问，并在北京举行过朗诵会。

（潘荣荣 译，王家新 注）

# 风与树

穆顿 [爱尔兰]

像大部分风
发生在有树的地方一样,

大部分的世界
以我们自己为中心。[1]

在风聚合的地方
树也常常在一起,在一起,[2]

一棵树会将
另一棵树拉进她的怀里拥抱。

他们沉重的枝条
疯狂地在一起,在一起,

---

1. "中心"一词在此被强调,表明在物的启示中看见自己,主体意识和内心精神在对物的观照中得以显现。

2. "沉重"与"疯狂",暗示现实真相和精神姿态之间的矛盾和冲突。

这不是真正的火焰。

他们折断着彼此。

我常想我应该像

那棵独立的树,哪里也不去,[3]

因为我自己的手臂不能够也不愿意

折断另一只。但是通过我折断的骨头

我能够分辨新天气。

旁白:

一、一首干净、疏朗、简约、深远的诗,像风与树一样,吐纳着生命的气息,又带给人心灵的启迪。

二、风与树的意象,是世界的物质建构,也是诗人精神与智性的载体。树与树"沉重的枝条/疯狂地在一起,在一起,/这不是真正的火焰。/他们折断着彼此",精准的语词和否定式论断准确地捕捉到生命与自然的

---

3. "独立的树",一个超然的生命形象,诗人借此获得新的自我体认。

融合和对峙,透过物象表层,彰显出生命的真相与精神的骨髓。

三、日常景象的普遍性经由诗人以诗歌的理性认知呈现出来,产生一种令人惊愕而后回味无穷的对自我生命体认的新异感。

## [保罗·穆顿]

(Paul Muldoon,1951— ),爱尔兰诗人。出生于北爱尔兰阿尔马郡,毕业于贝尔法斯特女王大学,是谢穆斯·希尼的学生。大学毕业后曾供职于英国广播公司(BBC),后任普林斯顿和牛津诗歌教授。著有诗集《新气象》、《布朗尼为什么离开》、《依姆拉姆》等二十多部,获得了普利策奖、艾略特奖等诗歌大奖,被认为是希尼之后最重要的爱尔兰诗人。穆顿的诗以其艰深、富于暗示、有节制的智性及熟练的技艺而著称。他的诗既顽皮又严肃,既晦涩又直接,既传统又创新,充满了一种似非而是的悖论。

(舒丹丹 译注)

# 猫头鹰的问题

萨克辛娜［印度］

问题不在于
此猫头鹰为什么不是彼猫头鹰
也不在于
人为什么不是猫头鹰

问题是,为什么
月亮般的双眼 [1]
茉莉花苞的鼻子
瑜伽的姿势
对抗黑暗的声音
不是人的素质

问题是,为什么

---

1. "月亮般的双眼 / 茉莉花苞的鼻子 / 瑜伽的姿势 / 对抗黑暗的声音"都是对猫头鹰的形容,很形象。作者具有丰富的想象力。

拉克什米女神在牛奶海洋上飞行时 [2]

需要这样的载体 [3]

问题也是

聪明如何变为愚蠢


归根结底

问题是,为什么

猫头鹰不想变成人



| 旁白:

一、这是一首思辨之诗,讽喻之诗,借用古代印度神话暗喻当下的现实,但作者并没有表态,而是用一个接一个的问题来挑战读者的思维,结尾锋芒一转,指出猫头鹰再怎么愚蠢和装腔作势也不想变成人。

二、拉蒂·萨克辛娜的诗并非都这样以智性取胜,挪威有一个纪录片,里面配的全是她的作品,都是泰戈尔

---

2. 拉克什米(Lakshmi)是幸运女神,海洋神的女儿,既主管物质幸运,也主管精神幸运。她姐姐是不幸女神。在印度神话里,神和魔鬼开始都具有肉身,都会死,而长生不老药在"牛奶海洋"里,神和魔鬼都必须讨好"牛奶海洋"才能得到。先从海里出来的是不幸女神,后从海里出来的是幸运女神拉克什米。

3. 拉克什米有一个别名,Ulkavahini,意思是骑在猫头鹰上。作者在此玩文字游戏,说猫头鹰是幸运女神的载体。

式的清新短诗。

三、拉蒂·萨克辛娜也有很多感性的诗,尤其是描写她自己出身的略带女性主义色彩的诗,很有韵味,但她反对女性主义,并以女强人的态度反对,这一点十分有趣。

## [拉蒂·萨克辛娜]

(Rati Saxena, 1954— ),印度女诗人、学者、翻译家,致力于译介和推广印度南部马拉雅拉姆语文学,已出版十部该语种诗集和小说的印地语译本,获得过印度国家人文研究院颁发的翻译奖,及国家文化艺术基金会奖金。萨克辛娜出身于世家,年轻时结婚生子,四十岁以后回大学完成博士学位,研究梵文,写诗从业余到专业,从写、译诗到主编诗歌杂志、主办诗歌节,是印度 Kritya 文学网站主编和 Kritya 诗歌节主席,Kritya 的意思是"文字"。她出版的个人诗集包括五部印地语诗集和两部英语诗集。

(明迪 译注)

# 我请我妈妈歌唱

李立杨[美]


她开始唱,我的外婆也跟着唱。
母女俩唱着,像一对年轻的姐妹。
倘若我父亲[1]还活着,他会拉响
他的手风琴,摇摆着像一只船。


我从没有去过北京,或者颐和园,[2]
没有站在那艘巨大的石舫上观看
那在昆明湖上下起的雨,野餐的人
跑得远远的,离开那草地。


我爱听那雨的声音;
水莲的叶子如何被雨滴注满直到
它们翻过身,把水排入湖中,

---

1. 诗人的父亲原来是印尼总统的医学顾问,后成为一名政治犯,最终在宾夕法尼亚的一个小镇上担任基督教长老会牧师,晚年双目失明,悄无声息地死去。

2. 诗人的母亲来自显赫的家族。可以想见,当年他们家庭成员常去颐和园的昆明湖游玩。

然后又摇晃着回来,注入更多的水。³

两个女人开始啜泣,⁴
但都没有停止歌唱。

旁白:

一、父亲一生的遭遇对李立杨的诗歌起了决定性的影响,父亲的形象常常如神话人物一般出现在他的诗歌里。这首诗是一个例外。

二、诗如其人。李立杨的诗歌体现出一种对平凡事物和语言的挚爱,他本人也有着不同寻常的谦恭和精细的洞察力。

[李立杨]

(Li-young Lee, 1957—    ),华裔美国诗人。出生于雅加达,

---

3. 诗人只会说中文而不能写读,但这一节的文字里却流露出中国人的思维方式和源自血脉的记忆。

4. 故事到此突然出现转折,引起读者的深思和猜测。

双亲均为华人，两岁和家人一起离开印尼，先后辗转于香港、澳门和日本等地，五年后抵达美国并加入美国籍。他的母亲是袁世凯的孙女，兄弟四人三个是画家。曾获得过德尔莫尔·施瓦兹诗歌奖，目前居住在芝加哥。独特的家庭背景、写作风格和题材，以及诗艺上的创新，使他拥有非常光明的前景。罗布特·布莱在笔者面前称赞他在50年代出生的美国诗人中最为出色。

(蔡天新 译注)

# 旧版后记

前年春天，我应李庆西先生和浙江文艺出版社的邀请，参与编辑了《大学语文》新读本，具体负责现代诗歌和戏剧的遴选和评注，不仅有机会重温并细读了一些诗歌名作，同时也产生了编选外国现代诗歌名篇导读的念头。没想到和张琳女士说起以后，很快就得到三联书店的赞许和支持，于是便有了这套小丛书。至于把入选的两百首诗歌分成"蓝"、"红"两卷的用意，敏锐的读者一定能够猜出。一方面，是出于技术上的考虑，我们不希望一本诗集做得太厚。另一方面，男性读者和女性读者似乎有着天生不同的阅读趣味和审美倾向，为此编者曾设想过"给男（女）人读的100首诗"这个名字。

由于国内知名的诗人实在太多，这次我们只选外国诗（本来现代诗也是舶来品），中国诗就留待下一次了。至于入选"蓝"、"红"分卷的诗歌标准，主要由评注者自己掌握，编者只是给出体例。其结果是，有的评注者发挥了自己的语言特长，更多的评注者胃口庞杂，这也使得按评注者排序的计划落空。可是，正因为这种随意性，细心的读者将会从这两册诗选里发现一些有趣的现象。例如，入选诗人的出生年代存在着某种偏差，男性读本里出生在

19世纪的诗人有29位（38首），而女性读本里相应的诗人多达38位（46首），这是否说明，现代诗歌的女性读者锐减得更快？

与此同时，这两本集子入选的女诗人比例似乎比以往的选本高出些许。而若以个人计算，大多数诗人只有一首入选，最多的阿根廷诗人博尔赫斯却有七首入选。我们的规则是，先完成遴选的评注者把目次寄给其他的评注者，因此他们对有些诗人的偏爱完全发自内心，也可以说无意之中完成了一项民意测验。同时，我们也欣喜地发现，这两本包含了五大洲35个国家159位诗人作品的小册子几乎把19世纪和20世纪的重要诗人全部囊括。

在我荣幸邀请到的十位既享有诗名又有翻译经验的诗人中，树才和胡续冬分别专攻法语和葡萄牙语，汪剑钊和赵霞各自专长俄语和德语，而其他几位诗人至少掌握或精通英语，有的兼通数种语言，其中西川是北大英文系科班出身，黄灿然在香港专事翻译，我本人曾在英语和西班牙语世界滞留并任教。另外，王家新、张曙光和桑克也均有个人译诗集出版，周瓒则主持过著名的"诗生活网站"（www.poemlife.com）翻译论坛。如果读者有意见或建议，欢迎到该网站的诗人专栏留言板上交流，目前我们中间有八位在那里辟有专栏。

编者 2005年6月

# 后 记

九年前,我和十位诗人翻译家合作,编选了《现代诗100首》(蓝卷、红卷)。承蒙读者喜爱,很快得以重印并再次脱销。这次增订,每卷增加了10首诗歌,由10位诗人、翻译家共同完成。这20位外国诗人均是首次入选,多数仍在世,最年轻的生于20世纪60年代。虽说新增的诗歌只有原先的十分之一,但选编工作所花时间和精力并未减少。

参与此次译注增订的诗人里,树才和胡续冬均是旧版的评注人,他们从原文翻译了两位法语诗人维尔泰和勒芒、两位葡萄牙语诗人佩索阿(初版不慎遗漏的葡萄牙大诗人)和德·梅罗。我本人从西班牙语试译了乌拉圭女诗人蒂·乔治,她与阿根廷诗人皮扎尼克、奥罗斯科被誉为"拉美女诗人三杰",同时也评注了德国当代诗人格林拜恩。

旧版的一大遗憾是,亚洲近邻只有印度的泰戈尔和以色列的阿米亥两位诗人入选,这次我特意邀请了薛庆国、田原、金丹实三位翻译家。他们各自精通阿拉伯语、日语和韩语,且分别是叙利亚诗人阿多尼斯、日本诗人谷川俊太郎和韩国诗人高银的翻译,这三位诺奖候选诗人近年频频来华朗诵,拥有相当多的读者。同时被译介的还有巴勒斯坦诗人达什维尔和日本诗人高桥睦郎。

高兴是东欧文学专家、《世界文学》杂志主编,他不仅从罗马尼亚语翻译了两位诗人斯特内斯库和索雷斯库,还推介了捷克诗人霍朗和斯洛文尼亚诗人萨拉蒙(曾来华并获"诗歌与人·诗人奖")。英语国家里,客居洛杉矶的明迪译介了美国诗人品斯基和印度女诗人萨克辛娜(她的同胞哈德里获得了2014年普利策诗歌奖),广州的舒丹丹则译介了英国女诗人詹宁斯、美国小说家卡佛和爱尔兰诗人穆顿。

此外,我要感谢画家冷冰川先生,在两本诗集的装帧设计里,可以窥见他的黑白艺术。我还要感谢微信上的诸多诗友,特别是"金黄的老虎",他有一次晒出翻得发黄的旧版封面。曾有几位大学中文系老师来信,他(她)们的写作课用这套书作为教材或参考书;而在杭二中语文教研组给全校同学推荐的十六种古今中外佳作中,我们这套书也位列其中。

最后,考虑到版权等实际问题,且又被刘蓉林女士(拙作《小回忆》的初版责编)慧眼识中,本诗丛幸运地回归三联。编选时,上海诗人胡桑和茱萸推荐了贺骥的译诗;茱萸还建议,初版入选诗歌较多的诗人让出一首,以便介绍更多的诗人。这是个好主意,我会在下次增订时与大家商议。同时也期待此次增订出版后,会有更多读者和译者向我们推荐诗人和佳作,三联方面和译注者们也都希望,以后每隔若干年能修订这套诗丛。

编者 2014 年 4 月

附记1. 2020年夏,一位在北美图书馆工作的校友经过耐心查找,告诉我这套书已被耶鲁、芝加哥、康奈尔、华盛顿、多伦多、莱顿(荷兰)等十多所世界名校图书馆和华盛顿爱灵顿公共图书馆等收藏。

附记2. 2020年秋,美国女诗人路易斯·格吕克获得了诺贝尔文学奖,她的诗《榆树》收入《现代诗110首》(蓝卷),我保存了上个世纪末她亲笔写给我的授权书,写信向她祝贺,她当天回复表示感谢。在后来的一次通信中,她还告诉我她有一对孪生的孙女,她们有一半中国血统。

编者 2021 年 7 月